呪い宮の花嫁

水原とほる

幻冬舎ルチル文庫

CONTENTS ✦目次✦

呪い宮の花嫁

✦カバーデザイン＝小菅ひとみ（CoCo.Design）
✦ブックデザイン＝まるか工房

イラスト・サマミヤアカザ✦

呪い宮の花嫁

◆◆

その日、馨《かおる》は大学で午後からの経営情報論Ⅱを一コマ受けて帰宅の途につくところだった。大学三年のこの時期、周囲では誰もが就職活動に懸命になっている。けれど、馨はすでに家業を継ぐことになっているので、卒業だけが目的で淡々と講義を受ける日々だ。

人から見れば安穏とした退屈な日常に思えるかもしれない。だが、大学に進学してから三年間というもの、馨にとっては普通に大学に通えることが今でも新鮮で、同時に危険な日々でもあった。そして、できればこのまま何事もなく穏やかに生きていけたらいいと願っている。それが馨にとっての現実なのだ。

すっかり秋も深まり、キャンパスの正門に続く銀杏《いちょう》並木の葉はすっかり黄色に染まっている。わずかな風で雨のように頭上から散ってくるのを眺めていると、こうして季節は移り変わっていくのだと実感できる。

自分の家の庭以外で見る日々の小さな変化さえ愛おしくて、馨は一人小さな笑みを浮かべながらしばし足を止めて空を見上げていた。風がなくても力尽きて、クルクルと弧を描いて落ちてくる枯れ葉を受けとめようと手を伸ばしたときだった。

「あの、ちょっと教えてもらえないかい？」

いきなり背後から声をかけられ振り返ると、そこにはカジュアルなスーツ姿の長身の男性が立っていた。やや長めに整えた髪を秋風にそよがせながら柔和な笑顔を浮かべている。歳《とし》の頃なら三十前半だろうか。大学のキャンパスには学生と教員以外の一般人も多く出入りしている。昨今ではカフェテリアが民間企業の経営となって改装オープンしたばかりで、年配の夫婦や家族連れに道をたずねられることもあった。だが、その男性の目的はカフェテリアではなかった。

「国文学部の倉本《くらもと》教授を知っているかな？　彼の教室に行きたいんだが、校内の案内地図を見てもどうにもよくわからなくてね」

ちょっと肩を竦《すく》めて笑っている彼はどこか飄々《ひょうひょう》とした雰囲気で、散歩の途中で迷子になったかのように少し照れた笑みを浮かべている。

経済専攻の馨だが、二年のときの秋の特別講習で倉本教授の日本美術史の講義を受けたことがある。卒業のための単位には関係なく、あくまでも個人的に興味があって受けたものだが、その内容は多岐に亘《わた》っていてとても勉強になった。なので、倉本教授は知っているが、問題は彼の教室がここからでは言葉で説明するのが難しいということだ。

「少し遠いのでご案内しましょうか？」

馨が言うと、彼はぜひお願いしたいとまた人好きのする笑顔で頷《うなず》いた。そして、馨のあとについて銀杏並木を歩きながら言う。

「なかなかいいキャンパスだね。自然が多くて落ち着くよ」

彼の言うとおり、ここは神奈川でも少し海よりの郊外で、昔からの自然をそのまま残してキャンパスを造っていた。経済を学ぶなら他にも選択肢はあったが、馨がこの大学を選んだのも自宅から一時間以内で通えるという以外に緑が豊かだったから。

だが、気さくに話しかけてくる男性に気の利いた言葉を返すこともできない。それは馨が内向的な性格で人見知りをするからというだけではない。それ以前に人慣れしていないので、相手が誰であってもうまく会話を続けることができないのだ。

倉本の教室までの道すがら、それでも彼はキャンパスの景色を眺めながら馨に話しかけることをやめない。うるさく感じるでもない、とても不思議な語り口調だった。馨が相槌《あいづち》さえ打てずにいても気にする様子もなく、まるで独り言のように穏やかに語り続けている。

無造作に整えた髪はやや長めだがだらしない感じはしない。目鼻立ちがはっきりしていて強い印象を与える容貌だが、その目が優しげに微笑《ほほえ》んでいるせいか人に警戒心を与えない。そういう不思議な空気を持った人だった。

「ところで、君は書を見ることがあるかい？　若い人はそんな機会もないかな？」

いきなり「書」と言われて、馨は一瞬だけ彼のほうを振り返った。そして、自分でも意識しないうちに問い返していた。

「書ですか？」

「そう、書道の書ね。わたしは平安時代の書を専門に研究しているんだ。もしかして、興味ある？」

聞きながらも、絶対に興味ないだろうと確信しているかのようにその目が笑っている。それは彼が自分の専門分野が若者には不人気だと自覚していて、キャンパスにいる他の大勢の学生と馨もまた変わらないと決めつけている発言だった。

「倉本先生には昔世話になったので、今学期の日本美術史の特別講義を頼まれて気安く引き受けてしまったが、書の話なんてやっぱり退屈かな。学生たちにとっては迷惑だったかもしれない」

どうやら去年まで自ら教鞭をとっていた特別講義を彼に依頼したらしい。彼は自虐的な苦笑を漏らしながらも、馨が質問に答えるまでもなくさらに言う。

「君は何年かな？　特別講義は一、二年の基礎課程向けだけど、よかったら聞きにおいでよ」

馨は三年だし学部が違うので必須ではないが、興味がないわけでもない。ただし、基礎課程向けの講義で書に特化した内容になるなら、おそらく初心者向けだろうから馨には退屈かもしれない。たまたま案内を頼んで学生が胸の中でそんなことを考えているとは思っていないだろう彼は、いつしか話題を倉本教授のことに変えていた。

倉本とは彼が大学院在学時に講演会で出会い、以来研究のアドバイスなどもらいながら親交を深めてきたという。研究者肌で物腰が柔らかく人好きのする老齢の倉本教授と若い彼の印象が被《かぶ》るのは、二人ともどこか浮世離れしたところが似ているからかもしれない。

キャンパスの外れにある東棟に入り二階へ上がると、もともと人の出入りの少ない場所なのでこのときも廊下には馨と男の二人だけだった。

「その廊下の突き当たりを右に曲がったすぐの部屋です」

ここまでくればもう迷うこともない。馨がそこで会釈をして一人で廊下を戻ろうとしたときだった。

「あっ、ちょっと、君……」

声がかかって、振り返ると彼がいきなり二の腕をつかんできた。驚いているとさらに彼のもう片方の手が伸びてくるのがわかって、馨は咄嗟《とっさ》に緊張から目をきつく閉じた。

(な、何……?)

意味もわからずじっとしていると、耳元でカサッと乾いた音がしてそっと目を開く。すると、彼は指先でつまんでいた黄色の銀杏の葉の欠片《かけら》を笑顔で見せてくれる。

「ほら、髪についていたよ。枯れ葉もつく人によってはゴミにしか見えないが、君のようなきれいな青年だと枯れ葉が人を選んだように見える。実におもしろいものだな」

そんな戯言《ざれごと》をサラリと言う人がいるなんて知らなかった。馨がポカンとしていると、彼は気さくな態度で礼を言う。

「案内をありがとう。助かったよ。桐島簾司《きりしまれんじ》だ。君の名前は?」

「えっ、僕は……」

こういうときは名乗るものなのだろうか。案内をしただけで、おそらく彼の講義を聞くことはないだろうし、この先もキャンパスで顔を合わせる機会はないと思う。それでも、目上の人が名乗っているのに、名前を聞かれて答えないのも失礼だと思った。

「僕は、四……」

馨が答えようとしたとき、すぐ先の廊下の角からひょっこりと倉本が姿を現した。

「ああ、足音がしたんでそうかと思ったんだ。桐島くん、久しぶり。よくきてくれたね」

倉本はどうやら桐島という若い友人を待ちかねていたようで、静かな廊下に足音が聞こえ急いで迎えに出てきたようだ。桐島も倉本を見て笑顔で頭を下げている。

「お久しぶりです、倉本先生。不肖の弟子を覚えていてくださって光栄です」

「忙しくしているのは知っているが、恩師の呼び出しにも応えないなら破門にしてやろうかと思っていたところだ」

師弟関係にあるらしい彼らだが、久しぶりの再会なのか握手にも言葉にも力がこもっている。そこで馨はこっそりとその場をあとにした。結局は名乗らなかったが問題はないだろう。きっと道案内の学生のことなどすぐに忘れてしまうだろうから。

(桐島簾司か……)

涼しげな語り口調と、目鼻立ちの整った知的な雰囲気が印象的だった。ふとそんな彼の名前を呟《つぶや》いたのは、どこかで聞いたことがあるような気もしたから。けれど、特に珍しい名前でもない。

いつもより少し遅くなったが、その足でキャンパスを出て帰りの電車に乗った。空いていた席に腰かけると、バッグから取り出した読みかけの「平安陰陽史研究《へいあんおんようしけんきゅう》」を開く。大学で経営学を学んでいるのは家業を手伝うときに必要だろうと考えたから。けれど、それ以上に家業に必要な知識があって、それらは大学ではなく独学で学んでいかなければならないものだった。

さっきの彼は書が専門だと言っていた。馨も書には興味がある。書だけではない。他にも古美術に関係するものの知識はいくらあっても足りないくらいだった。知識と同時に多くの本物を見て、真贋を見極める力をつけなければならないのだ。

電車に揺られながら本に没頭していくうちに、いつもの癖《くせ》で髪を耳にかけようとして、自分の指先があるはずの髪をすくわずハッとして苦笑を漏らす。

馨にとって大学へ通うこの日常は非日常でもある。明日も同じような日が続くことを願っているけれど、本来の自分であるこの姿のままでいたらわからない。祖父や父、夭折《ようせつ》した叔父や兄たちのようにある日突然命の終わりがやってくるのかと思えば、学んでいることのすべてが虚《むな》しくなってしまう。だから、明日のことはあまり考えないようにしている。馨にとっては今だけが確かな時間だった。

鎌倉《かまくら》の閑静な住宅街からさらに少し奥まったところに、一軒の古い日本家屋がある。屋敷そのものは三百年ほどの歴史になるが、時代とともにたびたび手を入れてきたものだ。一番最近では戦後間もなくかなりおおがかりな改築を行い、十年ほど前には水回りを中心に年老いた祖母が使いやすいようにとリフォームをした。

それでも、白塀に囲まれた木造平屋建ての重厚な雰囲気は周囲のモダンな建物の中にあって、異空間を生み出していた。正門を潜《くぐ》って庭に入れば、古刹《こさつ》にでも紛れ込んだような雰囲気に包まれる。古いのは屋敷だけではない。そこでの家業もまた江戸の後期から続いていて、やはり二百年以上の歴史になる。「四泉堂《しせんどう》」という屋号で古美術品を扱っているが、いわゆる一般的な骨董屋《こっとうや》とは違う。

店は構えず、年に数回の展示会を開き、そこで古くからつき合いのある顧客を招待して即売会を行う。一見《いちげん》の客を入れることはなく、紹介状を持った者だけが展示会に参加することができる。高価な美術品を購入できる経済的裏づけのない冷やかしの客はいないということだ。

展示会ではすぐに買い手が決まる場合もあるし、希望者が多くて競売形式になる場合もある。また、古くからつき合いのある得意客になると、あらかじめ先方からほしい古美術の注文を受けていて、それを入手したら個人的に連絡をして商談をすることになる。

取り扱う美術品の多くは博物館にあってもおかしくないようなものばかりで、売買で動く金額は庶民の想像する範囲ではない。数百万単位のものがほとんどで、数千万になることも少なくない。真作のみを販売してきた長年の信頼と、顧客が望むものを確実に探し出してくる業界内の人脈によって「四泉堂」の商売は成り立っているのである。

最寄りの駅から近くの神社の境内《けいだい》を通り抜け、やがて屋敷の正門までできた馨だがそこはいつものように素通りする。そのまま白塀に沿って歩き人通りのない路地に入ると、人目のないことを今一度確認してから屋敷の庭に続く裏木戸の鍵を開ける。

裏木戸といってもそこには監視カメラが常に作動しており、厳重な鍵が取り付けられていた。庭の外れに三つある大きな蔵の中には顧客の手に渡る予定の骨董や、買い手を待っている古美術品がぎっしりと詰っている。中には金額のつけられないような品もあるので、防犯と防火のシステムは古い屋敷に似合わず最新だった。

裏庭に入った馨は足早に蔵の横にある小さな離れの建物に入る。そこは茶室のように見えるが、茶会を催す場合は母屋の茶室を使って行われる。広い庭の片隅で景色もよくない場所にひっそりとこの建物が建てられたのは、今から三年前で馨が大学に通うためだった。

離れの建物に入り鞄《かばん》を置くと、馨はそれまで身に着けていたキャメルのジャケットと白のカッターシャツ、そしてフラノのグレイのズボンを脱いで下着姿になった。ワードローブを開いて、吊るされた洋服の中から着替えを選ぶ。今日は来客や夕食会もないので普段着でい い。

来客のあるときや商談の手伝いをするときは着物を着ることが多い。それはきちんとした格好でお客様を迎えるという意味もあるが、着物のほうが体のラインを隠すことができるからだ。だが、今日は何着もかかっている女性ものの洋服の中からHラインの膝下丈のワンピースを取り出し身に着けると、グレイ系の細かい格子柄に合わせて灰色のハイソックスを穿《は》いた。

着替えが終わると、今度は鏡の前に座って鏡台の引き出しを開ける。取り出したのはセミロングヘアのカツラ。少し栗色がかった色はそのほうが今風で自然に見えるからだ。カツラをつけてから長い髪の毛をいつものように片方だけ耳にかけ、鏡で性別が変わった自分自身を確認する。

屋敷の庭にある離れのこの建物は、馨が本来の性である男を捨てる場所なのだ。女性の姿になった馨は離れを出て母屋《おもや》に行き、奥の間にいる祖母である榮《さかえ》に挨拶に行く。廊下に跪《ひざまず》き襖《ふすま》の外から声をかけると、すぐに中から「お入り」と返事がある。

「お祖母《ばあ》さま、今戻りました」

襖を開けて部屋に入ると、そこには床の間を背に座る祖母だけでなく母親の環《たまき》もいた。祖母が傍らに積み上げている和綴《わと》じ本に目を通し、母親は手渡された一冊ずつに色分けされたこよりを挟んでいる。仕入れたばかりの本の価値を祖母が検分し、仕分ける作業を母親が手伝っている最中だった。

「おかえりなさい、馨さん」

母親の言葉に笑顔を返すと、祖母は本から視線を外すことなくたずねる。

「今日も無事に一日を送れたようだね」

「はい。つつがなく」

馨は正座していつもどおり答える。

「何か変わったことはなかったかい？」

「いいえ……」

何もと言いかけて、キャンパスでいきなり声をかけられ道案内を頼まれた男のことを思い出した。変わったといえば変わったことだったかもしれない。ただし、道案内よりもその人物が平安期の書を専門に研究していることが馨の記憶に残っていた。平安期の書は「四泉堂」でもたびたび高値で扱っているし、顧客の間で人気の高い古美術品なのだ。

「何かあったのかい？」

馨が言い淀《よど》んでいるのに気づき、祖母は読んでいた本から顔を上げる。今年で七十八になる祖母だが、その視線は鋭く、嘘やごまかしなどできるわけもない。だが、本当に何があったわけでもないのだ。

「いいえ。何も。ただ、すっかり秋が深まって、黄金色に輝いていた銀杏の木もずいぶんと寂しげな枝ぶりになってきました」

「八幡様かね？」

八幡宮には大銀杏の木があるので、そのことを言っていると思ったのだろう。馨の脳裏にあったのはキャンパスの銀杏並木だったが、あえてそれは言わずに祖母の言葉に頷いた。

「おまえは長らく外の世界を知らずに育ったから、そういう当たり前の景色が新鮮なんだね。いつまでもそんな当たり前の景色が楽しめるよう、くれぐれも気をつけて暮らすんだよ」

馨が黙って頷くと、祖母はまた和綴じ本に視線を落とすと今度は勉強のことをたずねる。それも問題はない。成績は悪くはない。

「だったらいい。『四泉堂』の経営については、いずれおまえにすべて任せることになる。二宮《にのみや》はよく働いてくれているが、やはり同じ家の者でなければ安心はできないんでね」

二宮というのは「四泉堂」の番頭として働く男で、かれこれ二十年以上勤めて今では五十を超えている。寡黙で真面目《まじめ》なのだが、四之宮《しのみや》の家系でないせいか祖母はあまり彼のことを好いていない。また、二宮には左頬から顎にかけてケロイド状の火傷《やけど》の痕《あと》があって、それが醜いというのが彼をそばに置きたくない理由の一つだと母親に話しているのを聞いたことがある。

若い頃に事故に遭ったときに負った傷だそうで、理不尽な理由で疎まれる彼には気の毒な話だが、それについて祖母を諭す者はこの家にはいない。祖母は四之宮の実権を握る絶対的な存在で、誰であっても彼女に意見することはできないのだ。

「冬休みに入ったら二宮さんに教えてもらって、少しずつ帳簿のつけ方も覚えようと思っています」

「そうしなさい。ただし、古美術の勉強も怠らないように。おまえは茜《あかね》と違って子作りができるわけでもない。自分のやれることをやって、この四之宮で生きる道を探さなけりゃならないからね」

「はい、お祖母さま」

そんな短い会話のあと祖母の部屋を辞する。これが馨にとっては日常であり、大切な日々の儀式でもあった。そうして、今日という一日がつつがなく終わっていく。生きていたことに感謝はしているけれど、あまりにも普通とは違っていることを、外の世界を知ってから馨はあらためて強く意識するようになった。

そもそも、四之宮の家は奇妙な家なのだ。昔から男が早死にをする。世間では「根絶やしの家」といわれ、呪われていると噂されて久しい。理由はいろいろ語り継がれていて、祖母からもその話については何度も聞かされたことがある。けれど、真実はわからない。なぜなら、それは今の時代に信じるにはあまりにも不可思議であり、荒唐無稽だと笑い飛ばされても仕方のないような話だったから。

ただ、祖父も父も病や事故で早死にをした。馨が物心ついた頃には二人ともすでに他界していたのだ。また、生まれてきた子どもも男は皆早死にをしたと聞いている。元号が江戸から明治に変わる頃を境目に、四之宮の男たちは次々に命が絶えていったのは事実なのだ。この家では男は生きられない。だから、自分の娘が男の子を産んだとき、祖母は女の子として育てることに決めた。性別を偽る不自由よりも、命を長らえることが大切だと考えた苦肉の策だった。

以来、馨はずっと女の子の格好をして屋敷の中で暮らしてきた。外にはどんな危険があるかわからないし、生まれつき病弱だったこともあって外出も滅多《めった》に許されなかった。そればかりか、性別をごまかすことができないため学校にも通えなかった。

自宅学習で高校課程まで終えると、大学に進学するとき初めて自分のままの姿で外の世界に出ることを許された。十八歳まで生き延びたのだから、おそらく屋敷の中で女性として暮らしているかぎり大丈夫だろうという祖母の判断だった。

祖母の部屋から自室へ戻る途中、馨が長い廊下を歩きながら縁側から裏庭を見ると、ちょうど二宮が池の周りの枯れ葉を集めているところだった。馨は縁側のガラス戸を開き、庭に下りていくと彼に声をかける。

「ああ、馨さま。お帰りでしたか」

作務衣《さむえ》姿の二宮が熊手を片手に、いつもと変わらず腰を低くして会釈をよこす。祖母に嫌われていることは本人も自覚しているようだが、それでも実直な使用人として四之宮のために尽くしてくれている人だ。

「ご苦労さまです。枯れ葉掃除ですか？」

「ええ、ここの枯れ葉はマメに取っておかないと、池の排水が詰ってしまいますからね」

「そんなことは業者に頼めばいいのに」

二宮には「四泉堂」の番頭としての重要な役割がある。蔵にある美術品の管理から出納帳の管理まで、四之宮の家に勤めて二十年になる彼はこの家の何もかもを知っている。もちろん、馨が訳あって女の装いで暮らしていることも承知している。こんな奇妙で面倒な家によく勤めてくれていると思うが、二宮はいつでも柔和な笑みで言うのだ。

「やれることならなんでもやりますよ。二之宮の家系が絶たれ、路頭に迷うしかないところを救ってもらいました。大奥さまにも奥さまにも感謝しています」

今は「二宮籐吉《とうきち》」と名乗っているが、彼の正しい苗字は「二之宮」だった。それもまた馨の家にまつわる一つの事情であり、「四泉堂」の名前の由来にも関係することであった。

「ところで、今度時間のあるときにでも帳面のつけ方や事務仕事を教えてもらえますか？大学ももうすぐ冬休み入るので、その頃にでも……」

商品や帳簿の管理にパソコンを使うようになっても、相変わらず手書による帳面も昔からのやり方で残している。大きな声では言えない話だが、扱う古美術品の中には表に出せない事情のものもあるし、売買の金額も普通の小商いとは桁《けた》が違う。税務署に出す正式書類の他に、どうしても表に出せない類《たぐい》のものもあって、むしろそれの管理が重要であり難しいところなのだ。

「馨さまが商いを手伝ってくださるなら、それは心強い。大学でお勉強されていらっしゃるから、きっとわたしなんかより上手なやり方を見つけてもらえそうだ」

「そんなことないです。二宮さんに昔からのやり方をよく習うようにとお祖母さまにも言われていますから」

庭でそんな話をしていると、母屋の奥からピアノの音が聞こえてくる。

「茜はもう帰っていたの？」

「茜さまなら一時間ほど前に帰宅されていますよ。さっきまで大奥さまや奥さまとお茶をされていましたが、夕食まではいつもどおりピアノのお稽古でしょう」

馨は二宮にもう一度冬休みに入ってからのことを頼み、母屋に戻ってピアノのある部屋に向かう。明るい曲調のショパンを弾いているのは双子の妹の茜だ。彼女は女であったから馨のような奇妙な人生を送ることはなく、普通に学校に通い今も音楽大学のピアノ科で学んでいる。

（あっ、音が流れた……）

鍵盤を叩く指が少しもたついたのがわかって、馨が頰を緩める。一生懸命になればなるほど彼女はミスタッチが多くなる。せいぜいピアノの先生どまりで、プロのピアニストになるほどの腕はないだろう。だが、誰もそんなことは期待してないないし、本人もピアノは好きだから続けているだけのこと。それよりも彼女の使命は他にある。四之宮の跡継ぎを産むため婿養子をもらうことだ。

ただし、男が早死にをするという噂のある家に養子にきてくれる人は滅多にいない。なので、少しでも条件の合う男性がいれば見合いという段取りになる。まだ二十歳《はたち》そこそこの茜には可哀想だが、彼女もそれは四之宮の家に生まれた自分の定めだと諦めているのだ。

「茜ちゃん、眉間《みけん》に皺《しわ》が寄ってるよ」

ピアノのある部屋に入っていった馨は、必死に鍵盤を叩いている茜にそう声をかけた。すると、茜はハッとしたように指を止めたかと思うと、馨のほうを向いて自分の額を両手で押さえて隠す。案の定、思ったとおりに弾けずに力が入りすぎていたらしい。

「嘘っ、いやだ。でも、この曲、苦手なのよ」

そう言って笑うと、茜はピアノの椅子に座ったままそばにやってきた馨の手を取った。男女の二卵性双生児だが、馨が女装するときに妹の茜を真似《まね》ていることもあり二人の容貌はそっくりだった。もっとも、彼女の場合は馨のような作り物の女性らしさではなく、偽りのない愛らしさであってその姿は少女のように初々しい。

「馨ちゃん、今日はどうだった？　何もなかった？」

祖母と同じように茜もまたいつも馨の身を案じてくれている。孫を失うのと双子の片割れを失うのでは、どちらが悲しいだろう。そんなせんないことを考えたりもするが、とりあえず馨は今日も生きているし、危険なことは何もなかった。

「いつもどおりだよ。ただね……」

「ただ？　何かあったの？」

茜が急に不安そうな顔になったので、馨は彼女の手をしっかり握り返して笑う。

「怖いことじゃないんだ。ちょっとおもしろいことがあったよ」

そう言って、キャンパスで道をたずねられたことを茜に話して聞かせた。すると、茜はそんなことなのと呆《あき》れたように笑う。けれど、馨にとってはそういう日々の何気ない出来事が新鮮なのだから仕方がない。

「その人が王子様のようにステキだったらよかったのにね」

「王子様には見えなかったけど、優しそうな人だったな。それと、書の専門の講師だって言ってた」

それは少なからず茜の気を引いたようだ。彼女も「四泉堂」の跡継ぎだから、古美術関係のことになると敏感にならざるを得ないのだ。だが、やっぱり彼女の好奇心は書よりも他のことにある。王子様は現れないとわかっていても、彼女には四之宮のために成さねばならないことがあるのだ。

「あのね、馨ちゃん。わたしね、今週末にお見合いすることになったの」

そう言った彼女の表情からは少女らしさが消えて、戸惑いと憂いが漂っていた。少し驚いたものの、茜の見合い話はこれが初めてではない。

「そう。でも、今回はずいぶんと急だね」

彼女が大学に入ってから四度目になるだろうか。本当の恋も知らないままで、養子に入ってくれそうな人とお見合いを繰り返してきた。そして、その都度なんらかの理由でもって丁重に断わられてきた。もちろん、本当の理由はわかっている。いくら噂とはいえ、己の命を危険に晒《さら》してまでこんな風変わりな家に養子に入ろうと思う人はいない。いくら茜が若くて愛らしい娘で、四之宮の資産が莫大だといっても、それによって背負うものがあまりにも重すぎると感じるのだろう。

それでも、優しく素直な茜は四之宮の女の定めだと、話があるたび美しく着飾ってお見合いの席に着く。というのも、彼女にしてみれば双子なのに男に生まれた馨のほうがずっと可哀想だと思っているのだ。いつも命の危険に怯《おび》えながら女の格好で暮らし、学校へも通えずにいた兄よりは普通の生活をしてきた自分は恵まれていると言う。

本当にそうなのかどうかはわからない。馨は大学入学までは外の世界を知らずにいたから、そもそも他の人と自分の人生を比べたことがない。けれど、茜は普通の暮らしを知っているし学校の友達もいる。そんな彼女たちと比べて、四之宮という家に縛られている自分を悲しく思うときはあるはずだ。

ただ、自分たちが双子でよかったと思うのは、こうして互いが背負った運命を慰め合って生きていけるということ。誰にも理解してもらえない思いを受けとめてあげられるのもまた互いしかいないのだ。

「それで、今度のお見合いの相手ってどんな人？」

茜がピアノの椅子のスペースを空けてくれたので、馨はそこに並んで座ってたずねた。茜は鍵盤を軽く叩きながら言う。

「馨ちゃんも知っているでしょ。和菓子屋さんの『菊翠庵《きくすいあん》』の息子さん」

「えっ、あそこの息子さんはもう結婚して、お店の跡を継いでいるんじゃないの？」

「長男の方はね。お見合いの相手は次男の人。今年で三十三になるそうで、一般企業にお勤めですってよ」

それでも一回りも年上だが、こちらは年齢などとやかく言える立場ではない。話があっただけでも有り難いことなのだ。

馨たちの家が老舗の古美術商なら、「菊翠庵」もまた創業二百年近くになる老舗の和菓子屋だ。四之宮の家でも、茶会のときのお菓子や知り合いへのお使い物には必ず「菊翠庵」のお菓子を利用している。「菊翠庵」にとって四之宮の家は得意先ということになる。それにしても、家業を継いだ長男とは納品にきたときに顔を合わせたこともあるが、他にも息子がいたことは知らなかった。

「それもね、次男といってもその人も双子なんですってよ」

「そうなの？」

「お見合いの相手は双子のお兄さんのほう。弟さんもまだ独身らしいけど、その方は少し変わり者らしいわ」

たまたま双子だったからこの話がきたわけではないと思う。きっと母親が常日頃から茜の結婚相手はいないだろうかと探していて、適齢期の独身男性がいる「菊翠庵」としては得意先の相談を素知らぬ顔でやり過ごすことができなかったのだろう。

「それで、先方は知っているんだよね？」

もちろん、四之宮の家の不吉な謂《いわ》れについてだ。この家の男はたとえ養子であっても長生きはできない。それはすっかり近所では有名になっている話で、「根絶やしの家」と噂されるようになったのは昨日今日のことではない。

双子の兄である馨のことも病弱な茜の双子の妹としていて、表向き四之宮の家に男はいないことになっている。大学に出かけるときに裏木戸から人目につかないよう出入りしているのもそのためで、万一馨が男なのに女の格好をしていると世間にばれれば、やっぱり噂は本当だということになり余計に茜に見合い話がこなくなる。

こんな家に喜んで養子に入ってくれる奇特な人はそうそういないことはわかっている。だからといって、四之宮の家を断絶させるわけにはいかない。祖母と母親の場合は養子を得て屋敷で暮らしてきたが、茜の場合は屋敷以外の場所で所帯を持たせてもいいと考えている。そうすれば、馨の秘密もばれずにすむし、四之宮の不吉な謂れに囚《とら》われることもないだろう。

もっともそれも憶測にすぎず、茜の夫となった人の安全が保証されるかどうかはわからない。それでも、茜の婿《むこ》となってくれる人を見つけなければならないし、跡取りとなる子どもを授からなければならない。それが四之宮にとって何よりも重大な問題なのだ。

「昔からつき合いがあるから、きっと噂のことも知っているはずよ。得意先の四之宮の頼みを無下に断われなかったんじゃないかしら。でも、いつもみたいにお見合いだけして、あとで何か理由をつけて断わってくると思うわ」

鍵盤を叩いて遊びながら、どこかサバサバとした口調で言う。まだ結婚したくない茜にとっては、これまでの見合いもすべてそうだったように、先方から断わってくれるのがむしろ望ましいと思っているのだ。

「そうだね。茜ちゃんはまだ二十歳《はたち》だもの」

「馨ちゃんもね」

「僕は……、わたしはいくつになってもずっと一人だもの」

大学に行くようになって、外では「僕」という一人称を使うようになった。ずっと家で「わたし」という一人称だったので、最初の頃は外で「僕」というときにずいぶんと戸惑いがあった。だが、近頃では大学から戻ってきて着替えても、ついうっかり「僕」と口にしてしまうときがある。こんなことを祖母や母親に聞かれたらひどく叱られてしまう。

もちろん、馨の命を案じてくれているからだが、ときどきもう自分という人間がどちらの性であるのかさえ曖昧になっていて、いっそどちらでもいいような気もしてくるのだ。

「馨ちゃんにはわたしがいるわ。二人はずっと一緒よ」

馨の「ずっと一人」という言葉に茜のほうが泣きそうな顔になると、両手を広げて抱きついてくる。同じ顔した性別の違う双子だが、幼少の頃から病弱で外で走り回ることもなかった馨は色が白く骨も細くて、体型も茜とよく似ている。ただ、胸がなくて男性である証《あかし》がついている。だから、同じような柄のワンピースでも茜はウェストで切り替えのあるAラインのワンピースを着ているが、馨はいつだって体のラインが目立たない洋服を選んで着なければならない。

「結婚したら、茜ちゃんは屋敷を出て旦那さまと暮らすの。わたしはずっとこの屋敷にいるから……」

「馨ちゃん……」

当たり前のことを諭すように言うと、茜はいっそう悲しそうな顔になった。そんな彼女の肩に頰を寄せていると、彼女が体を離して無理にでも明るい気分になろうとしてたずねる。

「ああ、そうだ。お見合い相手の写真があるの。見てみる?」

それでも、馨はやめておくと首を横に振った。茜の夫になる人ならともかく、どうせ一度のお見合いでもう二度と会うこともない人だ。だったら、顔を見ることもないだろう。

「そうよね。どうせ断わられる話だものね」

そう呟いた茜の言葉に、馨は少し奇妙なものを感じた。結婚したくないはずの茜なのに、なぜかその声色は残念そうにも聞こえた。いくらまだ結婚を望んでいなくても、先方から断われるのは気分のいいものではないが、どうもそれだけではないような気もしたのだ。

(もしかして、茜ちゃんは結婚したいのかな?)

そして、この家を出たいのかもしれない。ふとそんなことを思った。馨もこの家を離れたら、もう死の恐怖に怯えることはないのだろうか。四之宮を離れて本来の自分に戻るか、女の姿でこの家でひっそりと生きていくのか。果たしてどちらのほうが安全で、どちらのほうが自分にとって幸せなのだろう。

それでも、この家は茜と馨にとって檻《おり》のようであり、この身を守ってくれる垣根のようなものなのだ。呪われた四之宮に生を受けたかぎり、それが解ける日まで確かな明日はないのだから。

◆◆

その週末、茜は今年の春に新しく作った振袖を着ていた。大振袖は古典的な花鳥柄の総紋りで、朱色と茜色が交じり合った艶《あで》やかなもの。帯は金糸をたくさん織り込んだ豪華なものを末広に結んでいる。

髪はあえてきっちり結い上げず、ふんわりと巻いて片側にまとめて花のついた簪《かんざし》を飾っていた。女性らしさと同時に茜の若々しさが強調されていて、兄の馨から見てもとても可愛らしい。

馨も今日は失礼のないようにと着物を着ているが、茜と違って小振袖姿だ。色目も緑と藍色の交じった落ち着いたもので、桜と小さい蝶の柄が描かれている。髪は結い上げずに後ろで一つに束ねているだけで、華やかな茜の着物姿と比べれば地味な姿だが、主役ではないのだからこれでも充分すぎるくらいだ。

四之宮の母屋の奥の間には祖母と母親と茜がいて、先方が着くのを待っていた。馨はといえば、裏方の手伝いとして案内やお茶を運ぶ役割をまかされている。厨房で家政婦と桜湯やお菓子などの用意をしていると、二宮が蔵から塗《ぬり》の銘々盆と四之宮の家紋の入った湯飲み茶碗の入った木箱を持ってきた。

「今日はこれを使うようにという大奥さまからの言付けです」

それは四之宮の所蔵物の中でもかなり年代もので、滅多にお目見えすることのない代物《しろもの》だ。これを使うということは、今回のお見合いにかなり気合が入っているということらしい。だが、どんなにりっぱな茶碗や盆を使っても、茜がどんなに愛らしくても、命と引き換えに四之宮に養子に入る者はいないだろう。

お茶は淹《い》れるだけにしておき、お菓子も皿に並べて、銘々盆もきれいに磨き上げておく。しばらくして約束の午前十時の五分前に「菊翠庵」の一行が到着した。正門から屋敷の正面玄関前の車止めにタクシーが停《と》まり、見合いの相手と彼の両親が玄関先に降り立った。

「桐島晋司《しんじ》です。本日はよろしくお願いいたします」

馨が出迎えるとまずは本人がそう挨拶をし、両親も丁寧にお辞儀をしてよこす。「菊翠庵」の主人夫妻は何度か会ったことがあるので、ご足労を願ったことに詫びと礼を言いさっそく屋敷の中へと案内する。

「奥の間にてお待ちしております。どうぞこちらへ」

馨はそのとき初めて茜の見合い相手という「菊翠庵」の次男を見たのだが、何か奇妙な感じがした。どこかで彼を見たような気がしたからだ。茜から写真を見るかと聞かれたときは深い意味もなく断わった。だから、彼の顔を知っているはずはないのだ。

（あっ、そうか。「菊翠庵」の若主人の弟だから似ているんだな……）

お菓子を配達してもらったときに「菊翠庵」の若主人である、彼の兄とは何度か顔を合わせていた。涼しげな目鼻立ちと朴訥《ぼくとつ》な口調で、いかにも生真面目な職人という印象の人だ。そして、弟の彼もまた同じように涼しげな顔をしていて、三十三という年齢にしては若く見える。それでも、会社勤めというのでスーツ姿が板についているせいか落ち着いた雰囲気があった。

いずれにしても、第一印象は悪くないし茜とはお似合いではないかと思った。そして、そのときふと先日の茜の表情と言葉を思い出していた。もしかして、一回りも違う彼の写真を見て、茜は心をときめかせたのだろうか。だとしたら、このお見合いがうまくいけばいいと馨も思う。ただし、彼が命を引き換えにしても茜を愛してくれる人かどうかは誰にもわからないことだ。

「いやぁ、噂には聞いていましたが、本当にりっぱなお屋敷ですね」

長い廊下を先に歩く馨の後ろで、晋司がしみじみと言う。四之宮とはつき合いの長い老舗の「菊翠庵」とはいえ屋敷の奥に入ったのは初めてだからか、三人は珍しげに襖や欄間などを感心したように眺めている。その希少価値がわかるということは、少なからず彼らも老舗を守ってきた歴史を持つ家系だからだ。

「こちらの襖絵は京都の廃寺から持ってきたもので、狩野派《かのうは》の絵師の作品です。天井は琳派《りんぱ》の絵師の作品でまとめられています。欄間の彫師は……」

馨が丁寧に説明をしながら奥の間へと案内していく。そして、奥の間の襖を開き部屋へと三人を招き入れると、あとは祖母と母親に場を任せることになる。

「ようこそおいでくださいました。さぁ、こちらへどうぞ」

母親の言葉で両家が卓を挟んで顔を合わせたところで、馨はその場から下がる。彼らが挨拶を終えるタイミングでお茶を出さなければならない。もし茜が彼のことを気に入っているなら、粗相のないようにして少しでも力になれたらいいと思う。期待してはいけないとわかっていても、もしかしたらということもあると思いたいのだ。

「すぐにお茶とお菓子の用意をお願いしますね。準備ができ次第お持ちしますから」

厨房に行って家政婦に頼んだ馨だが、そのとき二宮がまた正面玄関にタクシーが着いたと知らせてくれた。

「どなた？　今日は他のお客様はお断わりしているはずだけど」

奇妙に思ったが、二宮が言うには「菊翠庵」の者だということだった。だったら帰ってもらうわけにはいかない。馨は家政婦にお茶の用意を任せておいて、急いで玄関に向かった。そして、玄関前の車止めに停まっていたタクシーから降りてきた人物をみて、思わずアッと声を上げそうになった。

その人物ははっきりと記憶にある。それは先日大学で声をかけられ、倉本教授の部屋まで

案内したあの人だった。優しげな笑みもあの日のままで、今日も無造作に長めの髪を後ろに撫《な》でつけている。

(どうして、この人が……?)

玄関先で一瞬混乱したものの、馨はすぐに今の自分の姿を思い出す。着物姿で長い髪を後ろに結わえてリボンで結んでいる。どこから見ても女の姿の自分は、大学に通っているときの馨とは違うのだ。

「遅れて申し訳ない。桐島簾司と申します。両親と兄がすでにうかがっていると思うんですが……」

そう言って詫びながらも、さほど恐縮している様子もない。そして、あの日のキャンパスと同じように馨に道案内を頼む。

「いらっしゃいませ。どうぞ、こちらです」

女性の格好をしているときはいつもそうしているように、少し高い声色でやや伏し目がちに言った。馨に促されて、彼は玄関を上がり長い廊下を歩きながらあの日と同じように気さくに話しかけてくる。

「いくら双子とはいえ、兄のお見合いに弟までしゃしゃり出てくるのはどうかと思ったんですが、四之宮の屋敷に入れる機会は滅多にないですからね。ぜひとも同席させてほしいと頼んだんですよ。なのに、昨夜は遅くまで仕事をしていてうっかり寝過ごしてしまいました」

馨が聞くまでもなく遅れた事情も話してくれたが、それに相槌を打つわけにもいかず控えめに前を歩いていく。内心では懸命に自分自身を落ち着かせている。まさかあのときの講師が「菊翠庵」の息子で、茜の見合い相手の弟だなんて思いもしなかった。馨はあの日とはまったく違ういでたちだから気づかれるはずない。そう思いながらも、心臓が痛いほどに早く打っている。

「うわぁ、これはまた見事な襖絵ですね。狩野派ですか。だが、こういう構図は他に見たことがない。どこかに保管されていたものを持ってきたんでしょうか？　おや、天井は琳派か。実に素晴しい」

「よくご存じでいらっしゃいますね」

「いやいや、ちょっと齧《かじ》っている程度ですよ。で、こちらは壁掛けの鎌倉彫も相当な年代ものですね。康運《こううん》、康円《こうえん》時代のものかな？　いやはや、これはもうお宝の山の中を分け入っているようだな。きっといい書もお持ちなんでしょうね」

彼もまた馨の案内で廊下を歩きながら、襖や欄間、壁かけの花瓶などを丁寧に鑑賞している。ちょっとした骨董マニアなら、誰でも四之宮のコレクションに興味を持っている。それにしても、彼の言葉は正直すぎて思わず笑みがこぼれてしまいそうだった。齧っている程度などと言っているが、馨は彼が倉本の弟子であり書の専門家だと知っているだけに、その気持ちがよく理解できたからだ。

（おかしな人……）

初めて会ったときもそうだったが、彼はとても不思議な人だ。勝手に話しているだけなのに、馨の心の緊張を知らない間に解いてしまうところがある。遅れてきた客人の応対でお茶やお菓子をタイミングよく運べなくなるかもしれないと案じて焦っていたのに、今は彼の言葉に耳を傾けて小さく微笑む自分がいる。

するとそんな馨に彼が背後から顔を近づけてきたかと思うと、情けないことを真面目な顔で言うのだ。

「ところで、部屋に行ったら君もちょっと味方をしてもらえないだろうか。おまけでくっついてきた人間が遅刻だなんて、どちらの家からもすっかり顰蹙《ひんしゅく》を買ってしまいそうだからね」

「えっ、いえ、でも、わたしには何も……」

言えるわけがない。そして、部屋に案内するとそこには四之宮の家の三人と「菊翠庵」の三人が向かい合って座り、緊張した様子で当たり障りのない話をしている最中だった。

「遅くなって失礼。桐島の三男の簾司です。四之宮家の美しい双子の姉妹にお目にかかれると思い、兄のお見合いに同席させていただきたくやってまいりました。少々遅れてしまい申し訳ありません。できるだけ急いだものの、玄関から奥の間までも見るものが多すぎて思いがけず時間がかかってしまいました」

馨に援護を頼んでおきながらさわやかな笑顔とともに自ら言い訳をして部屋に入ると、さっさと「菊翠庵」の末席に着いた。「菊翠庵」主人夫婦はすっかり恐縮しているが、見合いの当事者である彼の兄は呆れながらも苦笑を漏らしている。弟のこういう突拍子もない行動には慣れているという様子だった。

茜は緊張した場の雰囲気が和らいで安堵《あんど》の笑みを浮かべていたし、祖母と母親もこれくらいで目くじらを立ててお見合いを台無しにしようとは思っていない。

「それではすぐにお茶をお持ちします」

それだけ言い残して馨は一旦部屋から下がり、大急ぎで厨房に戻りお茶とお菓子の追加を頼む。そして、整ったところでそれらを二宮に手伝ってもらい奥の間に運んでいった。

二宮は部屋の外で控えていて、馨が給仕として部屋の中に入り、それぞれの前に小盆にのせた桜湯とお菓子を出していく。小さいときから祖母についてお茶とお花の稽古は茜とともにしてきたから、こういう場面でも落ち着いて振舞うことができる。お菓子は「菊翠庵」に発注した初冬をイメージした「初霜」という名前の和菓子。弟の見合いの席ということで、若主人が新しく創作したものだそうだ。

席を整えたあとはもう馨の用はない。呼ばれるまでは隣の間で控えているだけだ。そして、見合いの席が思いがけず和気あいあいと進んでいくのを襖越しに聞きながら、とりあえず頭の中を整理していた。

見合いの相手が双子だということは聞いていた。ただ、写真を見せてもらわずにいたし、ずっと「菊翠庵」という屋号で話していて、彼らが「桐島」という姓であることを少なくとも馨はまったく意識していなかった。そして、大学で道案内した彼の名前が「桐島簾司」であったことも、すっかり記憶から薄れていたのだ。それはありきたりではないとはいえ、一度聞いたら忘れないというほど印象の強い苗字でもなかったからだ。

こんな偶然があるのだろうかと緊張を覚えているのは馨だけで、彼のほうは大学で声をかけた学生とこの屋敷で会った茜の双子の「妹」が同一人物だとは気づいていない。そもそも性別が違うのだから、同一人物だとは考えも及ばないだろう。それでも、あのとき名乗らなくて本当によかった。

(大丈夫。気づかれるはずはないから……)

何度もそう言って自分を落ち着かせようとしても、万一のことを考えるとどうしても不安になってしまう。世間では双子の姉妹だと思われているのに、馨が女装をした男だとばれれば奇妙な家だと思われるだろうし、例の不吉な噂を裏付けることになる。そして、茜の縁談はまたまとまらずに断わられてしまうだろう。

そんな不安とともに隣の間の様子を襖越しにうかがう。そろそろお茶のお代わりを持っていったほうがいいだろうか。若い二人が庭を散歩するようなら、茜とお見合い相手の晋司の履物を縁側に回しておかなければならない。二宮に頼んでもいいのだが、これは「四泉堂」というより四之宮の家の行事だ。それに申し訳ないのだが、華やかな場所に火傷の痕のある二宮が出て行くのは祖母が好まない。

しばらくして母親が控えの間にいる馨に声をかけ、履物の用意をするように頼んだ。やはり二人で庭を散策するようだ。急いで二人の履物を運んでくると、彼らが縁側から下りるとき馨は茜の着物の袖が床に摺《す》って汚れないよう介添えをしてやる。

「お似合いの二人ですこと」

母親の満足そうな言葉に、「菊翠庵」の主人は微笑ましげに頷いているが、彼の妻のほうは心配そうに呟いている。

「こんなりっぱお家に、晋司のような無骨な者が養子に入って大丈夫でしょうか？」

「世間で言われているほど堅苦しい家でもないんですよ。それに、若い二人にはこんな古い屋敷での暮らしは不便でしょうから、近くに新居を構えてもらおうと思っているんです。ですから、お勤めも続けていただければよろしいし、ただ名前だけを継いでいただくということでしてね」

先方の母親の言葉は控えめに言っているようで、やっぱり例の不穏な噂について案じているのがわかる。そして、四之宮の母親もまたそれを笑顔で否定して、新居をもたせるから心配はないと説明しているのだ。

そんな彼らの会話を聞きながら、今のうちに湯飲みとお菓子の皿を引いて新しいお茶の用意をしておこうとした馨だが、そのとき廊下に立ってじっと柱を見つめている桐島簾司の姿が目にとまった。何を見ているのかと思っていたら、彼は柱の小さな傷に指先でそっと触れようとして馨の視線に気づいたようだ。にっこり笑って気さくにたずねてくる。

「これって、もしかして刀傷ですか？」

柱の小さな凹《へこ》みがそうだと気づく者は滅多にいない。

「よくおわかりですね。幕末にはこのあたりでも物騒な事件がありましたから」

当時は倒幕派の志士を匿《かくま》っていたところ、尊皇派の武士が御用あらために屋敷になだれ込んでくることもあったらしい。彼が見ている柱の傷はまさにこの廊下で斬り合いがあり、大太刀が喰い込んだ痕だと聞いている。

戦後に建て替えた屋敷とはいえ、使える木材はそのまま利用している。豪商の屋敷としての資料的価値もあったので、現代生活に不便のない範囲で改築していて残してもらった部分も多く、この柱ももとの場所で今も歴史を刻んでいるということだ。

「興味がおありでしたら、こちらの鴨居にも槍《やり》の痕がありますからどうぞ」

馨がその広間の障子を開けて鴨居を指差したら、彼はなぜかこちらをじっと見つめている。鴨居ではなく自分が見られていることに気づいて、急に落ち着かない気持ちになった馨が視線を伏せる。もしかして、大学で会った学生と同一人物だと疑われていないだろうか。姿は違うし声色も変えていたが、話しながら何かうっかりとした真似をしたのかもしれないと不安になる。

再び速く打ち出した心臓の音が着物の胸元から漏れそうな気がして、馨は急いで片付けのため奥の間へ行こうと簾司に会釈をした。すると、彼はその鴨居にチラリと視線をやっただけでなぜか馨のあとついてくる。

「刀傷はあまり興味はないかな。専門は書なのでね」

それは大学でも聞いた。本当は素知らぬ顔をしていたいし、作った声色で話したくもない。だが、あまり愛想がないと悪い印象を与えてしまうかもしれないし、四之宮の人間が書と聞かされて黙っていてはかえって不自然ではないかと思った。そこで湯飲みや菓子の皿を片付けながら、極力当たり障りのないようなことをたずねる。

「そういえば、昨夜もお仕事だったとおっしゃっていましたよね。晋司さんは会社にお勤めと聞いていますが、簾司さんはどういう……」

本当は知っていてたずねるのは少し気まずさもあり、さりげなく視線は逸《そ》らしていた。すると、彼は部屋の床の間に飾られた季節の花を見ながら言う。

「そうですね。ちょっと本を書いたり、大学で講師の真似事をしたりです。でも喰っていけないので、地方の資産家の所有する美術品が売りに出たら、目利き役として雇われたりもしていてね。双子とはいっても、堅い兄と違って道楽者なんですよ」

簾司が笑って言う。馨は曖昧に頷きながら小さい盆を重ね、菓子皿も重ね、湯飲みと一緒に大きな盆にのせたところで彼がそれに手を伸ばす。

「重いでしょう。わたしが持ちますよ」

「と、とんでもない。お客様にそんなことはさせられません」

驚いた馨が慌てて言うと、簾司は小さく肩を竦めてみせる。

「残念だな。厨房までついていけば、途中でまた何かおもしろいものが見つかるかと思ったんですけどね」

「あの、失礼します……」

なんだか一緒にいるとどんどん彼のペースに巻き込まれてしまって、そのうち本当にボロを出してしまいそうで怖くなっていた。馨は急いで盆を持って立ち上がると一度厨房に戻り、新しいお茶の用意をしてもらうように頼む。

先ほどは桜湯と和菓子だったので、今度は紅茶に洋ナシと苺のフルーツの皿を出すことになっている。それらを整えてもらい馨が奥の間へ運んでいくと、晋司と茜の二人も庭の散歩から戻ってきていた。そして、馨がお茶とフルーツの皿を配り終えたときだった。祖母や母親が今日のことでまずはお礼の言葉を口にしようとしたのだが、それよりも先に晋司が唐突に居住まいを正したかと思うと茜に向かって言う。

「茜さん、わたしはできればあなたのことをもっと知りたいと思いました。なので、今度ぜひご一緒に食事にでも出かけませんか?」

それは期待していた言葉だったが、四之宮の人間にしてみれば思いがけない一言でもあった。祖母と母親はいささか性急すぎる不作法に関しては何を言うでもなく、茜に晋司への答えを視線で促している。よもや先方からもう一度会いたいという言葉が聞けるとは思ってはおらず、この機会を逃してはならないと思っているのだろう。馨が一番気になったのは茜の気持ちだが、彼女もまた頬を染めて小さな声だがはっきりと返事をした。

「わたしも、もう一度晋司さんとゆっくりお話ができたら嬉《うれ》しいです」

やっぱり茜もまた晋司のことを好ましく思っていたらしい。そして、実際に会って話してみて、その気持ちはより強くなったのだろう。

ただし、その場にいる者の反応はそれぞれだった。当然のことながら四之宮の祖母と母親は安堵の表情を浮かべていたが、桐島の母親は不安そうに息子の顔を見ている。桐島の父親は茜の初々しい姿に始終笑顔だったが、馨といえば晋司と茜の双方の反応に安堵と不安の両方を覚えていた。こんなことが起こるとは想像もしていなかったので戸惑いはあるものの、妹の幸せは祈ってやりたい。

けれど、よりにもよって「菊翠庵」の次男だったことがよかったのか悪かったのかわからない。もしこのつき合いがうまくいけば彼らが夫婦になるだけでなく、桐島家と四之宮家は親族ということになるのだ。

馨が案じているのは、もちろん晋司の弟である簾司のことだった。彼と大学で会ったことは四之宮の家の誰にも話してはいない。この先も彼と顔を合わせる可能性があるとしたら、性別を偽っていることがばれないだろうか。

（でも、きっと大丈夫なはず……）

そう楽観的に信じようとしていたのは、これまでずっと誰にもばれることはなかったから。それに、簾司はあの大学で数回の講義を担当するだけだ。よしんば、その後も講義の依頼があったとしても、担当している学部以外の学生の名前など逐一調べることもないだろうし、あと一年もすれば馨のほうが卒業となる。そうすれば、もう大学でばったり顔を合わせて正体がばれる心配をする必要もなくなる。だから、大丈夫だと自分に言い聞かせているときだった。

「羨《うらや》ましいかぎりですね。茜さんのような美しい女性と兄のような無骨な男がおつき合いできるなんて思ってもいませんでした」

その席にいた簾司が照れたように俯《うつむ》いている二人を交互に見て言うと、いきなり部屋の片隅で給仕を終えて控えていた馨のほうに視線を向けた。その飄々とした態度と笑みを含んだ視線が意味深長に見えて、さりげなく目を伏せたものの馨の胸の動悸はまた激しくなる。

どんなに否定しても、男だとばれたのではないかという思いが脳裏を掠《かす》めてしまう。後ろめたさがどんどん悪い考えへと引きずっていこうとするのだ。自分のせいでせっかくまとまりかけていたお見合いを台無しにしたらどうしたらいいんだろう。押し潰《つぶ》されそうな思いで馨が震えながら唇を噛《か》み締めていると、簾司が思いがけない提案を口にした。

「奇遇なことに四之宮家のお二人も双子ならこちらも双子。兄の晋司は茜さんの愛らしさに心奪われたようですが、実はわたしも妹の馨さんがとてもステキだと思っているんですよ」

一瞬その場の全員が言葉を失って簾司を見ていた。普段は何があっても動じることのない祖母でさえ、わずかにその眉を持ち上げて彼のほうへ視線をやり、何を言い出すのかとうかがっていた。

「そこで提案なのですが、もし馨さんにおつき合いしている方がいないのなら、ぜひこの場でわたしも交際を申し込みたいのですがいかがでしょう?」

簾司の言葉には全員が驚かされた。桐島の家の者は半ば口を開き呆然《ぼうぜん》としており、四之宮の家の者は全員が予測もしていなかった事態に大いに困惑していた。そんな中でも馨が一番驚いていたのは間違いない。こんなことが起こるとは思いもよらず、祖母でさえその対処など考えてもいなかったようだ。

「茜はともかく、この子は生まれつき病弱ですから男の方とおつき合いといっても……」

母親がそんな言葉でやんわりと簾司の提案を断わろうとした。簾司はそのときさりげなく自分の兄の晋司へと目配せをしたかと思うと、なぜか大仰に溜息《ためいき》をついてみせる。

「無理でしょうか? だったら残念だな」

簾司の言葉でお目出度いムードから一気に場の空気が冷え込むのを感じながらも、誰も何も言えずにいた。

この状況で何か言える者がいるとしたら、四之宮の祖母くらいのものだろう。祖母がはっきりと断わりの言葉を口にしてくれれば、簾司も引き下がらざるを得ない。ただし、そうした場合は茜と晋司の交際に横槍を入れる形になってしまう。

ところが、このとき祖母よりも先に口を開いたのはまたしても晋司だった。彼は一見控えめで落ち着いて見えるのだが、空気を読んで場の流れを作ることに長《た》けているようだ。

「四之宮家の皆さん、わたしは茜さんと誠意を持っておつき合いをさせていただきたいと思っています。弟の簾司もけっして遊び半分で馨さんとのことをお願いしているわけではないと思います。身内を褒めるようで恐縮ですが、弟は心根のよい男です。一度お考えいただけませんか？」

噂どおり双子の弟の簾司は少々型破りではあるが、兄のほうの晋司は想像していた以上に地に足が着いた誠実そうな人間だ。茜とのつき合いに関しても、四之宮の資産のことなど考えていないことは誰の目にもあきらかだ。そんな彼だからこそ茜の心も動いたのだと思うし、その晋司が自分の弟について言う言葉をこの場でないがしろにできる者はいなかった。

「馨さん、あなたはどうお考えですか？　一度お食事でもご一緒させていただくわけにはいきませんか？」

こちらを見てたずねる簾司に、馨が混乱とともに祖母と母親の顔を見る。彼女らの困惑も手に取るようにわかったが、馨が自分の意思で何かを言えるわけもない。じっと俯いて祖母の答えを待っていると、しばしの沈黙のあと彼女が言った。

「馨がよいならそうしなさい」

いきなりの祖母の言葉に驚いたのは馨だった。茜も小さく声を上げて、慌てて自分の口元を着物の袖で隠していた。男の馨が男の人とつき合えるわけがないとわかっているはずなのに、どうしてそんな言葉を口にしたのだろう。だが、それもすぐにすべては茜のためであり、四之宮の家のためだとわかった。

無理は承知でも、この席できっぱり断わってはせっかくまとまりそうな晋司と茜の縁談に水を差してしまう。四之宮へ養子に入ってくれる男を探すのが難しいことは実感しているだけに、どうしても桐島との縁談をまとめたいという思いが強いのだろう。

「どうでしょうか、馨さん?」

簾司にもう一度聞かれて、馨は祖母の顔を見てから小さく頷く。内心は不安でいっぱいだったけれど、他にどんな返事ができるというのだろう。このときもまた、部屋にいた人たちはそれぞれの思いをその表情に浮かべていた。

茜のときとは打って変わって厳しさを押し隠している祖母と母親。桐島の両親はまだ戸惑いの中で頭の整理がつかない様子だ。そして、茜は不安そうに馨を見つめ、馨は困ったように俯き続ける。

そんな中、晋司は弟の顔を見て苦笑を漏らし、簾司はといえば後押しに感謝しているとばかり兄に向かって小さくウィンクをしている。

やっぱり、彼は不思議な男だ。気がつけばこの場全体が彼のペースに巻き込まれてしまって、どうすることもできなくなっている。でも、今は不思議なだけではなく、馨は彼がとても危険な男ではないかと案じているのだった。

◆◆

茜のお見合いはつつがなく終わったと言ってもよいのだろうか。四之宮の家は喜び半分で、残りの半分は困惑の中にあった。

「馨ちゃん、どうするの？　大丈夫なの？」

晋司とおつき合いをすることになった茜だが、彼女は自分のことよりも馨のことが心配で仕方がないらしい。昨日のお見合いで着た振袖をたたみながら、隣で同じように自分の小振袖をたたんでいる馨にたずねる。

「多分、大丈夫よ。それより、茜ちゃんのほうこそ、晋司さんとおつき合いできてよかったね。とっても優しそうな人。それに、思ったよりもしっかりしていて頼りがいがありそう」

「馨ちゃんもそう思う？」

晋司のことを褒めると、茜は途端に嬉しそうに頬を染める。やっぱり茜は写真を見たときから少し心がときめいていたらしい。そして、直接会ってみて優しくリードしてくれる彼のスマートさと、誠実そうな人柄にすっかり心を奪われたようだ。

「本当は一回りも歳が違うからお話も合わないかと思っていたのよね。でも、一緒にいるとなんだか不思議なの。安心できるっていうか、気持ちがとても落ち着く感じ」

茜の言っていることはなんとなくわかる。双子の馨と茜は二卵性であっても、容姿から性格までわりとよく似ているほうだと思う。そして、特種な家で育ったこともあり感性もまた似かよった部分が多い。

だが、桐島の双子の場合は一卵性なのにあまりに似ているとは言えない。背格好や顔の造りはほぼ同じでも、性格はかなりかけ離れているように思えた。また、企業勤めと大学の講師という職業の違いから、服装や髪型もまるで違っている。

晋司は茜の言うように歳相応の落ち着きがあって、誠実そうな人柄だった。スーツ姿にきちんと整えられた髪というスタイルどおりの常識人なのもわかる。ただし、自己主張がないわけではなく、かといって周囲との調和を乱すような真似はしない人なのだろう。そういうところが茜の気持ちを安心させるのは馨もよく理解できた。馨も同じだが、父親や男の人のいない家庭で育ったために、二人とも極端に父性というものに飢えている部分があるのだ。

片や簾司は本人が道楽息子と言っているように、かなり気ままな性格で生き方も奔放なようだ。服装もお見合いの席でもスーツ姿ではなく、大学で見かけたときと同じようなジャケットスタイルだった。寝坊したという言葉が嘘でないと思ったのは、ネクタイも慌てて締めてきた感じだったから。

古美術に目利きだというから審美眼は確かなのだろう。実際、四之宮の屋敷の美術品を見たときの感想も素人のものではなかった。いずれにしても、お洒落《しゃれ》ではあるが堅苦しさからはほど遠い人だ。

それればかりか、何を考えているのかわからないし、何を言い出すかもわからない。晋司が茜を安心させるのとは正反対で、簾司という男は馨をひどく落ち着かない気持ちにさせる。それは、馨が人には言えない秘密を持っているからだが、大学で偶然声をかけられたときはまさかこんなことになるとは思ってもいなかったのだ。

『とにかく、男とばれないようにして、ほどほどのところで丁重におつき合いをお断わりするしかないわね』

母親の言うとおり、一、二度一緒に出かけたのちに何か理由を作って、上手におつき合いを終わらせるしかないだろう。これまでも展示会や即売会では茜とともに接客もしてきたし、顧客と近くで話しても男だとばれたことはなかった。同じような柄の着物をきて髪型も同じに整えていたら、茜と馨の区別がつかない人もいたくらいだ。だから、きちんと化粧をして出かけて、あまり長い時間を一緒に過ごさなければ大丈夫なはず。

「茜ちゃんはいつ晋司さんとお食事に行くの？」

晋司からはもう連絡をもらったらしく、金曜日の夜に一緒に食事をする予定だという。馨のほうは今のところ簾司からはなんの連絡もない。そういうところも双子でありながらはっきりと性格の違いが表れているように思う。

「それにしても、弟の簾司さんのほうはどこか不思議な人よね。双子だなんて思えないくらい、何もかもがまるで違っているんですもの」

茜もあのときのことを思い出したように笑う。驚きはしたものの、祖母や母親が言葉を失うようなハプニングなどこの家では滅多に起こることではない。もしかしたら、二人が物心ついてから初めての出来事だったかもしれない。そう考えると、茜が少しおかしそうに笑う気持ちもわからないではなかった。

「ああいう人はどういうデートをするのかしら？　お食事って言っていたけれど、どんなところに連れて行ってくれるのかしらね」

馨にしてみればいっそこのまま連絡がなければいいと思っているが、あの場ではっきり馨とのつき合いを望んだのだからそういう訳にもいかないだろう。

「それでね、多分、何度かはお食事におつき合いしなけりゃならないと思うから、そのときは茜ちゃんのお洋服を借りてもいい？」

「もちろん、それはいいけれど……」

馨の洋服は普段着がほとんどで、男の人と一緒に食事に出かけられるような華やかなものは持っていない。だからといって、展示会の接客で着るような着物で出かけるのはあまりにも仰々しいので、茜に適当な洋服を借りるしかなかった。

「大丈夫。母さまの言うとおり上手にお断わりするつもりだし、茜ちゃんのお話が壊れないようにするから安心して」

「そんなことじゃなくて、馨ちゃんが心配なのよ」

茜はたたみ終わった着物をたとう紙で包みながら言う。それは嘘ではないとわかっている。茜はいつだって馨のことを案じてくれている。でも、馨だってどうすることもできないのだ。

「なんだかよくわからないなんだけど、あの人は不思議なだけじゃなくて……」

さっきまでの笑顔はいつしか消えていて、なぜか茜が言い淀む。そして、着物を和箪笥《わだんす》に入れてからくるりと振り返り、馨に向かって何か言いたいけれど言葉が見つからないといった表情を浮かべる。

「茜ちゃんも何か……」

双子だからわかることがある。言葉にならない何か曖昧な不安を感じるとき、二人はその感情を共有することが多々あった。たった今、まさに二人は同じように一つの不安をひしひしと感じている。もちろん、それは桐島簾司が与えているものに違いないのだ。

晋司から感じるものとはまったく違う何か。けれど、それがひどく不吉な感じでもなくて、だからこそ言葉で説明のしようがないのだ。

「きっと大丈夫。茜ちゃんは晋司さんと幸せになれるよ」

馨はあえて笑みを浮かべ、自分たちの心に潜む不安を吹き飛ばそうとして言った。そして、自分の小振袖を包んだたとう紙を和簞笥の引き出しにしまい、隣に立っている茜の手を両手でそっと握る。すると、彼女は少し考えてから小首を傾《かし》げ、馨の笑みに応えるように頰を緩める。

「そうだ。わたしが結婚したら馨ちゃんも一緒に家を出ましょうよ。だって、男の子の格好で三年も大学に通っていて何もなかったんだから、きっとこの家にいなければ大丈夫なのよ。もしかしたら、お祖父さまや父さまは偶然早くに亡くなっただけで、『根絶やし』だなんて……」

茜が言いかけたところで馨が人差し指を唇に立ててみせる。その言葉はこの屋敷の中で使ってはいけないと祖母や母親にいつも言われている。不吉な言葉を声に出して言えば、言霊《ことだま》となってそれがさらに力を持ってしまうから。

「茜ちゃんは結婚したら、旦那さまと生まれてくる子どものために家を出るの。でも、わたしはいまさら男に戻っても仕方がないし、外でお勤めできるわけもない。それに、お祖母さまや母さまがいるからここに残って『四泉堂』を守っていかなくちゃ」

それが自分の人生だと覚悟はできているから平気だと笑みを浮かべれば、茜もまた少し悲しそうに微笑むのだった。

それは茜が晋司と初めてのデートをした日から数日後のことだった。

『今週の土曜日に会えませんか？』

そんな短いメールが馨の携帯電話に入った。お見合いの日に茜が晋司としていたように、馨と簾司も携帯電話の番号とメールアドレスを交換しておいたが、連絡が入ったのはこれが初めてのことだった。

晋司から茜にはお見合いの日以来、一日に一度電話かメールがあるという。相手はもう三十を超えた大人なので、それほど頻繁にメールや電話のやりとりがあるわけではないが、つき合っているならそれくらいは当たり前だと茜は言う。けれど、馨は誰かとつき合うという経験がないので、そういうこともよくわからない。

ただ、ずっと連絡がなかったので、もしかしたら馨とつき合う気持ちなどすっかりなくなっているのかもしれないと思っていた。あの場の雰囲気で言ってしまっただけならそれでもよかったのだが、どうやら単に仕事が忙しくて連絡する時間が作れなかったらしい。
一、二度の二人での外出は覚悟していたものの、いざその誘いがきたらやっぱり不安だった。いくら二十年以上女の格好で暮らしてきたとはいえ、それはあくまでも四之宮の屋敷の中でのこと。また、一人で外出するようになったのも大学に入学した三年ほど前のことで、そのときは離れで着替え本来の男に戻って出かけている。
女性の姿で男の人と二人きりで出かけた経験がない馨は、以前に頼んでおいたとおり茜にワンピースを借りて、髪の毛もふんわりと巻いてもらった。化粧は着物を着るときに自分で何度もしているけれど、それでは駄目だと茜に言われた。暗い屋敷では少し濃い目の化粧で、口紅も白い肌に似合う朱の入った赤を使っている。けれど、太陽の下ではもっとナチュラルなメイクのほうがいいのだそうだ。

「馨ちゃん、可愛いわ。大丈夫。これなら絶対にばれないから」

ゆったりとしたコクーンシルエットの紺色のワンピースは華やかさには欠けるかもしれないが、清楚でカジュアルすぎないし、何より体のラインがきれいに隠れる。もともと喉仏は小さいほうなのだが、一応スカーフを巻いて隠し、爪もヤスリで形を整えて桜色のマニキュアを塗ってもらった。

「せっかくだから楽しんできてね。それで、帰ったらちゃんと話を聞かせてね」

正門でそう言って手を振る茜に見送られ、馨は生まれて初めてのデートに向かう。家を出るまでは気が重かったし今もひどく緊張しているが、同時に少しだけ心が浮かれるような気分も味わっている。茜が晋司に会いにいくときもこんな気持ちなのだろうか。けれど、彼女には秘密がない分もっと楽しいに違いない。

（僕は……、わたしはそうじゃないから……）

外出しても今日は女装だということを忘れないようにしなければいけない。大学に通っているときのようにうっかり「僕」という一人称を使わないよう、自分自身に何度も言い聞かせる。

待ち合わせは大学の近くにある森林公園のそばのカフェテリアだった。簾司がその店を指定したのは、おそらく講義のあとに馨と会うつもりだからだろう。

大学の掲示板で見たけれど、彼は今日から毎週土曜日の午前中に日本美術史の特別講義を四週に亘って行うことになっている。倉本教授に頼まれて引き受けてしまったが、本人は学生たちにとっては迷惑だったかもしれないなどと話していた。

だが、インターネットの大学のサイトで確認したら、特別講義の申し込み数は定員五十名のところ先週の時点で四十名以上のエントリーがあった。当日参加者が十数名もいれば、東棟第三講義室はいっぱいになってしまうだろう。あくまでも特別講義で単位がもらえるわけでもなく、おまけに時間が土曜日の午前中ということを考えれば大盛況だと言える。

噂では彼の運営している書に関するインターネットのサイトはなかなか人気があるらしく、

それで学生が興味を持って集まっているのだ。馨は古美術関係の書物はずいぶんと読んでいるし、祖母に言われて実際の作品を見て勉強もしてきたが、インターネットでそういうサイトがあることは知らなかった。

茜に教えてもらって初めて見てみたのだが、若者がとっつきにくい書について現代風に翻訳したものをのせて、それをおもしろおかしく解説している内容で訪問者数もかなりの数になっていた。

道楽者で食べていくのに本を書いたり、大学で講師の真似事をしたり、いろいろなことをしていると言っていたが本当にそのとおりのようだ。

電車を降りると、パールチェーンの腕時計で時間を確認してカフェテリアへと急ぐ。充分に間に合うと思うけれど、なんだか心が逸《はや》っていたのだ。きっと自分のほうが早く着いただろうと思い、ウェイトレスに待ち合わせだと告げたとき、窓際の席から名前が呼ばれた。

「馨さん、こっちです」

見れば、簾司が立ち上がって手を振っていて驚いた。講義が終わってすぐにキャンパスを出てきたのだろうか。

「お待たせして申し訳ありません」

「いいえ、気持ちが逸ってしまい、大学の講義が終わって講義室からその足ですっ飛んできてしまいました」

特別講義のときは質問のある学生に取り巻かれたりするものだが、それも振り切ってきたという。この調子だと倉本に挨拶もしないできたのではないだろうか。倉本はそういう細かいことを気にしないタイプだが、中には礼節にことのほかうるさい権威主義的な教授もいる。簾司のような自分のペースを崩さない人間を好ましく思う者も多いだろうが、それと同じだけ疎ましく思う人間もいるのではないだろうか。

世間知らずな馨でさえそんなことを案じてしまったが、今は彼のことより自分自身のことが先決だ。どうにか取り繕って、彼との時間を過ごさなければならないのだ。好かれる必要はない。退屈な人間だと思われてもいいから、できれば彼のほうから愛想を尽かしてもらいたい。ところが、席に座るなり簾司は本当に嬉しそうに馨の顔を見て言った。

「メールか電話で断わられるかもしれないと思っていたから、こうしてきてくれて本当に嬉しいですよ」

「いえ、そんなことは……」

それも考えないではなかったが、茜と晋司のことがあるからさすがにそんな失礼な真似はできなかったのだ。

「あのあとすぐに連絡しようと思っていたんですが、知り合いに呼び出されて地方に出かけていたもので」

そう言った簾司はジャケットの内ポケットから小さな麻の袋を取り出し、それをテーブルの上に置き馨に差し出した。

「それ、お土産です。ちょっと珍しいものを見つけたのであなたにプレゼントしようと思いましてね」

「お土産ですか？　どちらに行かれていたんですか？」

馨がいきなりのプレゼントに戸惑いながらもその小さな麻袋を手に取り、紐を解《ほど》いて中のものを手のひらに出した。そして、それを見たとき思わず声を上げてしまった。

「これって……」

「翡翠《ひすい》の勾玉《まがたま》ですよ。可愛いでしょう。ペンダントトップにしてもいいし、ブレスレットでもいいかな。馨さんの白い肌にきっとよく似合う」

聞けば、彼は一昨日まで奈良の某所に友人とともに出かけていたという。目的は例の目利きとしての仕事だったらしい。その土地の資産家が長年放置していた蔵を整理したいという依頼があり、所有しているものの仕分けの手伝いをしてきたそうだ。

大きな蔵の買い取りなら、日本全国どこであろうと「四泉堂」が依頼している買取業者が必ず足を運んでいる。だが、中にはまずは個人的な知り合いに仕分けを頼んでから業者を呼ぶ資産家もいて、そういうときは価値の高い古美術品が先に取り除かれたり、地元の博物館や美術館に寄付されてしまうことも多々ある。

美術品の保護としてはそれもしかるべきだと思うが、「四泉堂」の商売としてはそういうものを逃すのは痛い。そうやって考えると、簾司のやっていることは「四泉堂」にとっては商売敵《がたき》ということでもあるようだ。ただ、今自分の手のひらにのっている勾玉はとても美しかった。

「形がとても原始的ですね。古墳時代のものかしら」

馨がうっとりと呟くと、簾司は満足そうに微笑む。ハッとして彼の顔を見上げて頬を染めたのは、自分が祖母や母親と一緒に古美術を見ているときの感覚になっていたことに気づいたから。こういう反応は若い娘らしくないことくらいわかっている。でも、こんなすごい勾玉を見たら、思わず溜息も漏れる。

「きっとあなたならわかってくれると思っていました」

「でも、こんな貴重なものは個人的に所有するのではなく、地元の……」

馨が言いかけると、簾司がテーブルに身を乗り出してわざと小声で言う。

「大丈夫です。他にも三十ほどありましたから、それらは美術館に寄付するように言っておきました」

だから、一つくらいはいいだろうとお礼に渡されたものを馨にプレゼントしてくれたらしい。

「あの、ありがとうございます」

お礼の言葉以外に見つからなかった。ここへくるまでどうやってこのおつき合いを断わろ

うと、そればかり考えていた。けれど、またしても意表をつかれて馨は言葉を失ってしまった形だ。

「喜んでもらえてよかった。晋司は若いお嬢さんに差し上げるものじゃないと呆れていましたけどね」

「そうなんですか。でも、わたしはとても嬉しいです」

「あなたが喜んでくれて、わたしも嬉しいですよ」

一回りも年上なのに、簾司の笑顔はまるで少年のように屈託がない。そもそも家族以外の人間との接触が極端に少なかった馨にとって、他人と会話するときはいつだって緊張を強いられる。それは男の格好であってもそうだし、ましてや女の姿のときはなおさらだ。

なのに、彼の笑顔を見ていると、ものすごく緊張していたはずの自分が少しばかり和《なご》んでいるのに気づいてハッとさせられる。その日は一緒に冬の森林公園を散歩して、夕刻が迫った頃に彼の友人が経営しているというフレンチビストロに案内してもらった。

カジュアルな店構えでいて、メニューはどれもボリュームがあるのに食材にもこだわっている。もとより外食の経験は少なくて、展示会のあとにわずかな顧客と同席する料亭の食事会か、一人で食べる大学のカフェテリアのランチくらいだ。それなのに、今は屋敷から離れた場所でこうして男性と一緒に食事をしている。こんな気軽な雰囲気の中でおいしく食事をしたことがなくて、なんだかいつになく食が進んでしまった。

本当はうまくきっかけが見つかれば、今日にでもおつき合いを断わろうと思っていた。なのに、それができずにもらった勾玉に心奪われ、おいしい食事をしながら奈良の辺鄙《へんぴ》な村での買いつけの話に耳を傾けてしまう。

「興味のない人には苦痛なだけの話かもしれない。ただ、我々のような研究者にしてみれば心が震えるんですよ」

「少しはわかります。わたしも『四泉堂』の人間ですから」

馨が言った言葉に簾司が思い出したように恐縮して頭を下げる。

「そちらの商売の邪魔をする意図はないのですよ。ただ、依頼があれば協力したいし、希少価値と判断されるものは、極力地元で管理してもらえるように忠言しているだけです」

「もちろんです。地元できちんと保管してもらえるものなら、わたしもそれが一番よいと思います」

たとえ「四泉堂」の商売のことがあるとしても、古美術が乱暴な扱いを受けその価値が損なわれることは望んでいないのは同じだ。だから、「四泉堂」もその美術品に対する思い入れもなく、単なる資産価値としてしか見なしていないような人間には、基本的にどれだけ金を積まれても売却するようなことはしない。それは「四泉堂」を受け継ぐ祖母のポリシーでもあった。

その日、食事のあと九時前には屋敷へ送ってきてもらい無事に初めての会食は終了した。

タクシーで屋敷まで一緒にやってきた簾司は、正門の前で一度車を降りてきた。

「今日はとても楽しかったです。また近いうちに連絡しますよ」

馨は俯いたまま小さく頷く。今日の午後、この門を出るまでおつき合いを断わることばかり考えていたのに、今は素直に頷いている自分がいる。

（だって、一度でお断わりするのは失礼かもしれないし……）

自分に言い訳をしていると、簾司の手がそっと馨の二の腕に触れた。にわかに緊張を思い出して顔を上げると、彼の顔がすぐそばにあった。そして、声をあげる間もなく馨の頬に彼の唇が触れる。

「え……っ？」

小さな声を漏らしたものの、何が起こったのか理解できないまま目を見開いて固まっていると、簾司が照れたように笑って言う。

「失礼。あまりにも愛らしくて、ついね……」

その途端、頬に口づけされたのだとわかって指先から全身までが火照《ほて》り、慌てて両手で頬を押さえる。恥ずかしくて顔を上げることができずにいると、簾司がそんな馨の耳元で囁《ささや》くように言った。

「不躾《ぶしつけ》な男だと、どうか嫌いにならないでほしい。それじゃ、おやすみ」

すぐ先で待たせているタクシーに彼が乗り込んで、ウィンカーのサインとともに走り出すまで馨はずっと俯いたままだった。そして、タクシーが屋敷の白塀の角を曲がっていったときようやく顔を上げることができた。

（ど、どうしよう……）

それは生まれて初めての経験だった。キスなんて誰にもされたことがない。人慣れしていない馨にとってそれはもう驚きを通り越して衝撃だった。けれど、不思議なことにいやではなかった。ただ胸の鼓動が痛いほど強く激しく打っているだけ。そして、どこか心の奥がくすぐったいような気持ちになっている。

馨はしばらくそこに立っていたが、やがて大きく深呼吸をしてから屋敷の門を潜ろうとした。今日は女性の格好をしているから裏木戸からこっそり帰る必要はない。誰かに見られても四之宮の双子のどちらかだと思われるだけだ。

だが、次の瞬間足を止めると、思い出したように慌てて周囲を見回した。籐司にキスされたところを誰かに見られなかっただろうかと案じたからだ。近所の誰かに見られていて、それが祖母や母親の耳に入ったらきっと叱られる。不可抗力とはいえ、油断をしていた馨がいけないと言われてしまう。

だが、幸い屋敷の周囲には誰の姿もなくて、秋物のハーフコートの襟を立てるようにして急いで門を潜ると、ちょうど今日の仕事を終えて帰宅する二宮と鉢合わせした。一瞬焦ったものの、彼は何も見ていなかったようで、いつもの笑顔とともに頭を下げる。

「馨さま、おかえりなさいませ。大奥さまと奥さまが心配してお待ちでしたよ」

「ありがとう。二宮さんも遅くまでお疲れさまでした」

そう言うと、馨は急いで母屋へと向かった。玄関先では母親がちょうど心配して、様子を見に外へ出ようとしていたところだった。

馨は母親につき添われ、その足で祖母のところへ今日の報告をしにいった。さすがに最初の食事できっぱりお断わりはできなかったけれど、近いうちにきちんと交際の意思はないことを伝えるつもりだというと、祖母は難しい顔で頷いていた。

「ところで、頬が赤いが化粧ではないね？」

「外気がすっかり冷たくなっていました。外門から玄関まで走ってきたのでそのせいだと思います」

下手な言い訳かもしれないが、まんざら嘘でもない。二宮と別れて馨は玄関まで走って戻ってきたのだ。

「そうかい。だったらいい。今日はもうお休み」

祖母の言葉に馨は内心安堵の吐息とともに部屋を出た。襖を閉じて小さく深呼吸をしたとき、廊下の突き当たりの角から茜がひょっこり顔だけを出しているのに気がついた。そして、馨の顔を見て笑顔で手招きをする。どうやら今日の話が聞きたくて仕方がないらしい。自分の部屋で待っているのももどかしく、祖母の部屋から出てくるのを待ち伏せていたようだ。

そんな茜の様子を見て、馨もようやくいつもの自分に戻れたような気がして緊張の糸が切れたように微笑むのだった。

◆◆

あの日からというもの、もう何日も二人の間ではデートの話題で持ちきりだ。

「やっぱり不思議な人よねぇ」

先日の簾司との初デートの報告を聞いた茜は、馨がもらった勾玉をしみじみと眺めて言う。

茜もこの間の晋司とのデートでプレゼントをもらっていたのだが、小さなハートのチャームがついたシルバーのチェーンブレスレットだったという。

考えてみたらそういうものが普通で、初めてのデートで勾玉をプレゼントする人などいないのだろう。いくら世間知らずの馨でも、それくらいは映画や小説を読んでいればわかるし、簾司も晋司に呆れられたと言っていた。だから、茜が不思議そうに笑うのも無理はないと思う。

「でも、これ、ステキよ」

自分の部屋のベッドに腰かけて、馨は手のひらにのせていた勾玉を指先でつまんで部屋の明かりに透かしてみる。馨と茜の部屋は古い屋敷の東の角に並んでいて、十年前の水回りのリフォームのときに大部屋を二つに仕切り、板張りの洋室にしてもらった。

双子といっても部屋を分けてみればそれぞれの個性が出るもので、茜の部屋は大学の友人の影響などもあって流行《はや》りの女の子らしいアクセサリーや化粧品で溢《あふ》れている。片や馨の部屋は古美術の本や大学の勉強に必要なもの、そしてデスクの上のパソコンくらいだ。

女の子らしいものはすべて着替えをする離れにあるので、ここにはわずかな身の回りの着替えくらいしか置いていなかった。そんな飾り気のない部屋だから、翡翠の勾玉一つでもなんだかとてもキラキラと輝いて感じられる。けれど、茜はもう勾玉には興味を失ったように、隣に座って腕で肩を軽く突いてくる。

「それより、その地方の買いつけ以外にはどんな話をしたの？　今度はいつ会う約束？」

すっかり共通の話題となっている桐島家の双子とのおつき合いだが、馨のほうは茜と違ってそう浮かれてばかりもいられない。

「わたしのことはいいじゃない。どうせ今度会ったら……」

適当な理由でおつき合いを断わらなければならないのだ。馨が苦笑とともに言葉を途切れさせると、茜が思い出したように溜息を漏らす。

「そうよね。馨ちゃんはどこから見ても女の子みたいだけど、そういうわけにはいかないのよね」

ずっと屋敷の中では姉妹として暮らしているから、茜でさえもときおり馨が本当の「妹」ではないかと錯覚するらしい。だが、馨が茜の双子の兄であるという現実はどうしても変えることはできはしない。

「それより、茜ちゃんはどうなの？　晋司さんとはどんな話をするの？　恋人同士ってどんな気分？」

馨がたずねると茜がほんのり頬を染めて、なんとも言えない幸せそう笑みを浮かべる。馨も簾司に出会ったことで初めての経験をしているが、茜もどうやらそうらしい。

「晋司さんは大人なのよ。物静かで落ち着いていて、世の中のことをよく知っていて、茜が聞くとなんでもきちんと教えてくれるの。だから、一緒にいるととても安心できるのよ。でも、全然『おじさん』って感じはしないわ。それどころか茜を子ども扱いしたりしないで、ちゃんと女性としてエスコートしてくれるのがステキなの」

茜の話を聞いていて、やっぱり双子なのに晋司と簾司はまったく違うのだと思った。簾司と一緒にいて話を聞いていると、その博学ぶりに感心する。もちろん彼も大人なのだと思わせてくれることは多々あるけれど、語り口調やさりげない仕草などはときに若々しいというより少年のように思えた。

「茜ちゃん、晋司さんのことが好きなんだね」

彼女の口調からは恋する女の子の気持ちが溢れ出している。これまでのお見合いでは年齢が四十を超えた人や離婚歴のある人など、どう見ても茜には釣り合わない人もいた。それでも養子に入ってくれるならと藁《わら》にもすがるような気持ちで会ってはみたものの、そんな人たちからも結局は適当な理由をつけて断わられてきたのだ。

もちろん茜のせいではなく家系に問題があるとわかっていても、きっと彼女は悲しかっただろうし惨めな思いもしたのだろう。でも、晋司は彼女の若々しさと愛らしさをちゃんと認めてくれている。容貌もこれまでの誰よりもステキなのだから、茜が夢中になるのも無理はないと思った。

自分も女に生まれていれば、茜と一緒にそんな気持ちを楽しめたのかもしれない。けれど、馨には望むべくもないことだ。馨は手にしていた勾玉をもう一度見つめ、そっと片手を自分の頬に添える。初めてのデートで別れ際にキスをされたことは茜にも内緒だ。そんなことは恥ずかしくて言えやしない。

きっと晋司は簾司より紳士だから、茜にそんな真似はしていないだろう。そう思ったら、ちょっとだけ自分のほうが先に大人への道を進んでいるような気がして得意な気持ちになった。けれど、それもしょせんは虚しいことだとわかっている。

そんなたわいもない話で夜を過ごしている日々だったが、それからも茜はたびたび晋司から連絡をもらってはデートを重ねていた。祖母も母親も晋司が必ず十時までには茜を家に送ってくることで信頼感を深めていたし、茜も毎回のデートを楽しんでいるようだった。このままおつき合いが続けば来年春には結納という段取りになるだろうと喜んでいるが、問題は馨のほうだった。

茜の縁談を進めるにあたって、馨は簾司と上手におつき合いを終わらせてしまわなければならない。ただし、あまり強硬な態度でわだかまりが残る形となってはよろしくないということで、その加減がとても難しい。

あれから地方へ出かけることもなく、週に一度は大学で講師をしていることもあり、簾司からの誘いも何度かあった。そのうち一度は馨の体調がよくないという理由で、もう一度は「四泉堂」の手伝いが忙しいということで断わった。けれど、そう何度も断わっているわけにもいかず、祖母や母親にももう一度くらいお会いしたら、そのときには丁重におつき合いを終わらせるようにと言われていた。

そして、ようやく二度目の約束が整って出かけるときも、馨は茜の洋服を借りて待ち合わせの場所に向かった。今回はパンツスタイルだったが、ハイネックのチュニックドレスで首と腰回りを隠し、髪の毛はストレートのままサイドからすくった髪を後ろで束ね、あとは自然に肩へと流すスタイルにした。

そういう清楚な雰囲気が男性には受けがいいと茜が言うが、馨にはよくわからない。それでも、女性らしく見えるならそのほうがいい。男であることがばれたら茜の縁談を壊しかねないし、何より馨自身があまりにも気まずいと思っているから。

その日は日曜日の午前中に車で迎えにきてくれた簾司とともに、まずは海岸近くの店でランチをした。午後からは近くの美術館に連れて行ってもらう。そこでは今月いっぱい浮世絵の海外コレクターのコレクションを展示しているという。

「浮世絵にも興味があるんですか？」

「もちろん嫌いじゃないが、首尾範囲外かな。なにしろ毛筆の書にしかロマンを感じなくなっている特異体質なものでね。ただ、ここの美術館には昔からの知り合いがいるんですよ」

会うのは二度目だが、何度かのメールのやりとりで彼の口調も「です・ます」調から少し砕けつつある。親しみが増した簾司独特の言い回しに笑みを漏らしそうになりながら展示場に入っていくと、そこへスーツ姿で銀のフレームの眼鏡をかけた一人の男性がやってきた。胸に名札をつけているところを見ると、この美術館の職員のようだ。笑顔で軽く手を上げているので、彼が簾司の知り合いらしい。

「おやおや、女性を連れているとは珍しいじゃないか。それもとびきり美人だ。いつ宗旨変えした？」

きちんとした格好なのに、彼の口調はあまりにも気さくだった。簾司もまたそんな彼に笑顔で手を差し出し握手を交わしている。馨にも紹介してくれたその人はこの美術館の学芸員で古《こ》雅《が》高麿《たかまろ》といい、簾司の長年の友人だそうだ。

「古雅は名前からもわかるとおり、こう見えても本職は地元の神社の宮司なんですよ。だが、近頃は祓《はら》ったり呪ったりの商売も暇だそうで、趣味で学芸員なんかやっているというわけです」

よほど気心が知れているのか、ずいぶんな紹介の仕方だ。けれど、一瞬馨の頬が引きつったのは「呪ったり」という言葉が出たから。それは四之宮の家では当たり前のことでも、世間ではそうあることではないはず。すると、案の定古雅が呆れたように簾司の肩を拳《こぶし》で小突く。

「祓ったりはいいが、呪ったりはしないぞ。それに、本職は学芸員のほうだ。宮司は兄貴の手が足らないときのバイトだ」

「それは失礼。だが、俺も言っておくが宗旨変えはしていない」

その言葉に古雅がきょとんとして馨を見つめる。彼らの会話の意味がよくわからない。宗旨変えといっても、簾司はもともと信心深い感じはなくて、なぜそんな話題を持ち出したのか理解できなかった。だが、すぐに二人の会話は展示物のことに移ってしまう。

浮世絵は首尾範囲外だと言っていたが、それでも簾司と古雅の会話は研究者と学芸員のものだった。馨も「四泉堂」で浮世絵を扱うケースに何度も立ち会っていた。顧客の中に長年の浮世絵のコレクターがいて、珍しいものが手に入れば金額は関係なく買い取ると言われている。だが、昨今はなかなかいいものが見つからないというのが現状だ。

浮世絵はそもそも芸術というより、チラシや人気役者のブロマイド的なものとして普及していたが、中には絵画的な価値を早い時期から見出し収集していた人もいた。ところが、明治期に時代の混乱に乗じてそれらの浮世絵が相当数海外に持ち出されてしまった。

また、同じように戦後の混乱期にも生活苦によって資産家が所持している浮世絵を手放す事例が多々あり、それらは現在海外の美術館や個人のコレクターの手元にある。今回の浮世絵展も北米のコレクターと交渉の末、膨大なコレクションからその一部を借り出したのだという。

「近年になって日本の美術館でも価値のある浮世絵は極力買い戻そうとしているんですよ。ただ、浮世絵の価値が高まってしまった今じゃ金額の折り合いがつかない場合が多くてね」

それについてもまた同じ理由で、「四泉堂」でも近頃は浮世絵の入手に苦労しているのだ。古雅は馨が「四泉堂」の娘だと知ると、特別に美術館の所蔵庫に案内してくれて今は展示していないものまで閲覧させてくれた。

この間のプレゼントの勾玉といい、今回の浮世絵コレクションといい、簾司とのデートは馨にとってはとても興味深く好奇心がくすぐられる。だから、その日も夕刻を前に家まで送り届けてもらうまで、結局はおつき合いをやめたいという言葉は口にできなかった。そして、また近いうちにと言われると素直に頷いてしまうしかなくなるのだった。

簾司と二度目のデートをした翌週の朝、大学に通うためいつものように離れで着替えていた。ここは馨が本来の性を捨てる場所でもあるが、同時に男である自分に戻る場所でもある。そのとき、ワンピースを脱いだ馨は自分の胸元に揺れる勾玉を見る。簾司にもらった勾玉は、茜がくれた細いチェーンを通してネックレスにしていた。これなら洋服を着てしまえばつけていることは誰にもわからない。

ものがものだけに、祖母や母親に見つかれば出所を問われてしまう。おつき合いを断わるつもりの簾司からもらったと言うのも憚《はばか》られるので、隠しておくほうが賢明だと考えてのことだった。

着替えを終えた馨はいつものように庭の裏木戸からこっそりと屋敷を出る。今日は月曜日で、午前と午後に一コマずつの講義がある。簾司は土曜日しか大学にこないし、三年生の馨は土曜日に受けている講義はない。なので、男の姿でいるときに大学で彼に会うことを心配する必要はない。それに、万一何かの用事で倉本のところに顔を出していたとしても、男の姿なら簾司が気づくことはないだろう。

ただし、できることなら簾司に男の姿を見られたくはないという気持ちがある。彼が気に入っているのはあくまでも女の姿の馨であって、男の姿の自分などには興味もないだろう。あの優しげな笑みが本来の自分には向けられないと思うと、なんだか悲しい気持ちになってしまうのだ。

茜には簾司との関係はどうにもならないと言ったし、母親からもそろそろおつき合いを断わる話を持ち出してもいいのではないかと言われている。次に会ったときにはそうすると言っているけれど、あれから二度ばかり会ったときも結局はその話を持ち出せないままでいた。もっとも、一度は八幡神社の大銀杏の下で会って短い立ち話をしただけだし、一度は馨が読んでみたいと言っていた古美術関係の本を自宅に持ってきてくれて、正門のところで受け取っただけだった。

（でも、もう限界だ。これ以上は茜ちゃんの縁談に障るかもしれないし……）

自分でもわかっているから、今度会うときにはきちんと話をしようと思っている。ところが、そう心を決めた途端、簾司の誘いがしばらく途切れてしまった。もしかしたら、簾司のほうが馨との関係に飽きてきたのかもしれない。それならそれで自分から断わる必要がなくなってよかった。少し残念でも仕方がないし、最初からどうなるでもないとわかっていたことだ。

だが馨の心が諦めかけていた頃、簾司からいつものように唐突なメールが入った。例によって大学の講義を終えた午後に待ち合わせて、今回は地元の鎌倉を散策しようと誘われた。

地元で会うのはどうかと思ったが、かえってそれもいいかもしれない。今日こそちゃんと話をしなければならない。別れ話をしてから自宅まで送ってもらうのは気が引けるので、地元なら一人で帰ると言えば彼も納得してくれるだろう。

おつき合いを断わる理由については、かねてから決めていたとおり体のことにしようと思っていた。晋司と茜の結婚がきまれば、その先には当然のように子どもをもうけることを考えている。そして、簾司も晋司と同じことを思っているなら、馨にはそれはできない。もちろん本当のことは言えないが、生まれつき虚弱なのは事実なのだ。

簾司は行動範囲が広くて活動的な人だから、馨のような引きこもりがちな人間よりは行動的な女性のほうがいいにきまっている。そのあたりのことをやんわりと伝えれば、きっと馨にこれ以上おつき合いをする気がないと気づいてくれるだろう。あとはそれを切り出すタイミングだけだ。

近頃は風が冷たくなってきたので、今日は厚手のツイードのワンピースにショート丈のテーラードジャケットを合わせて、ヘアスタイルはストレートのまま下ろしてきた。簾司から教えられたカフェテリアに行くとその日も彼は先にきていて、窓際の席で本を読んでいた。

馨がテーブルの前にきても本に没頭しているのか気づく様子がない。なんの本を読んでいるのか興味がわいて、ちょっと身を屈《かが》めてのぞき込むと簾司が専門としている書の関係の本だった。

「それは誰の本ですか？」

馨がたずねると、簾司がハッとしたように顔を上げる。そして、馨の姿を見て照れたように笑みを浮かべた。

「いや、失礼。つい夢中になってしまっていた。これは道風《とうふう》の書の解説本ですよ。彼を伝承筆者としている書のほとんどが、実はそうではないということを細かく分析しているものです。以前に何度か読んでいるんですが、何度読んでも新しい発見がある」

「道風というと、小野《おのの》道風ですよね？」

簾司は笑顔で頷き、一度立ち上がると馨のために椅子を引いてくれる。そして、あらためて向き合って座ると読んでいた本を閉じてテーブルに置く。馨の視線がその本の表紙へいってしまうのは、「四泉堂」の人間として当然のことだった。

小野道風といえば、特に書に詳しくなくても知っている名前だろう。平安時代の貴族で有名な能書家だ。それまでの中国的な書から日本的な和様書道への移行を図り、生存当時から藤原佐理《ふじわらのすけまさ》と藤原行成《ゆきなり》とともに「三蹟」と称されていた人物だ。

また、史実ではないようだが、道風は柳に飛びつく蛙を見ている花札の人物としても知られている。高い柳の枝に向かって何度も飛んでいる蛙を愚かだと笑っていたら、突然強い風が吹いて柳がしなり蛙は見事にその枝に飛び移った。それを見た道風は、愚かなのは蛙ではなく努力をせずにいた自分だと恥じたというエピソードである。

そういう逸話は一般人にしても興味深いところだが、万一彼の真筆が見つかれば国宝級の文化財となる。「四泉堂」が扱えば億単位の金を出してもほしがる顧客がいるだろう。そして、まさに簾司の研究している時代の中心にいる書家であることは間違いない。

「そういえば、簾司さんのインターネットのサイトを先日拝見しました。とてもおもしろかったです。あれなら若い人が講義を聞きたいと思うのもよくわかります。特別講義も受講希望者多くて大変だそうですね」

「サイトのおかげかどうかはわかりませんが、幸いなことにそこそこ学生が集まってくれています。でも、わたしの講義が盛況だなんてよくご存じですね」

そんなふうに言われ、馨はハッとして自分の口を押さえそうになるのを懸命にこらえる。大学での彼のことを馨が知っているはずがないのに、うっかりそのことを口にしてしまった。焦りながらもなんとかその理由を考えたが、茜のことしか思いつかない。

「あの、茜ちゃんが教えてくれたんです。簾司さんのサイトのことも……」

サイトについては本当に茜から聞いたので嘘ではない。

「茜さんから？　じゃ、彼女は晋司から聞いたのかな？　珍しいこともあるもんだな。彼はわたしの研究などまるで興味がないのでね。でも、何かのついでに話題に出たかもしれないな」

簾司が首を傾げながらも納得してくれたので、馨は曖昧な笑みでごまかしながらもなんとか話題を変えようとしてたずねる。

「晋司さんとは学校も違ったそうですね？」

「ええ、双子の兄弟といっても四之宮家の美人姉妹と違い、うちは両親も呆れるほど似ていないのでね。晋司は中学、高校と地元の公立に通い、東京の大学へ進みました。わたしは中高一貫教育の私立に進学して、大学は京都で通った。同じ屋根の下にいる間も、顔を合わせることが少ない兄弟でしたよ。だからといって、仲が悪いわけではないんですがね」

世の中には一卵性であまりにもそっくりすぎて、親でさえ見分けがつかない双子もいる。だが、桐島家の晋司と簾司は幼少の頃から興味を示すものがまったく違い、行動も慎重な晋司と奔放な簾司ですぐに見分けがついたそうだ。

ひとしきり双子同士で兄弟、姉妹の話をしてお茶を飲んでから、簾司に誘われるまま晩秋の鎌倉を散策に出た。少し風は冷たいが、土曜の昼下がりということで観光客の姿も少なくない。ただし、二人にとっては地元なのでわざわざ人込みに交じって有名な観光スポットに行くことはない。

「うちの菩提寺がこの先にあるんですよ。悪くない寺だから、ちょっと寄ってみましょうか」

地元の人しか知らないような静かな遊歩道を歩いていたら、簾司が思い立ったように言う。途中、自然石を積み上げた長い石段があって、茜に借りたパンプスを履いていた馨には少々歩きにくかった。ヒールの低いものを借りたのだが、それでも石と石の間につま先や踵《かかと》がと

られそうになる。

「どうぞ。手を繋《つな》いで行きましょう。転ぶと大変だからね」

そう言って簾司が手を差し出してくれたので、馨は一瞬躊躇《ちゅうちょ》してからそっとその手を握った。大きくて温かい男の人の手だった。自分も男なのに、まるで違っている。ピアノをやっている茜ほど華奢《きゃしゃ》ではないが、それでも男にしては白く細く、そしてあまりにも非力だ。

寺の名称は「妙弦寺《みょうげんじ》」。その寺にやってきたのは初めてだったが、馨もよく知る寺だった。というのも、住職が「四泉堂」の展示会に何度かやってきている得意客の一人だからだ。ここが菩提寺の桐島家には申し訳ないが、展示会の手伝いをしているとき馨はたびたびその住職に眼光鋭く睨《にら》まれたことがあり怖い印象しかない。だが、それだけ厳しい修行をしている僧侶なのかもしれないと思っていた。

「実にいい寺なんだがなぁ……」

境内に入ると鬱蒼《うっそう》とした木々の中で簾司がなぜか溜息をつく。なにやら意味深長な言葉に、馨も周囲を見回した。仁王門を潜ったそこには金堂、講堂、本堂と揃《そろ》っていて、なかなかりっぱな寺だと思う。

「ここは子どものときからの遊び場だったんだが、十年ほど前に先の住職が亡くなってしまってね。その後、本山から新しくやってきた住職がどうも好きになれない」

奇しくも馨の思っていることと同じ言葉を口にしたので驚いた。馨は今の住職の雰囲気がただ怖いと感じていたが、簾司が言うにはどこか俗物的なところがあって苦手なのだそうだ。そのため、近頃は法事などもさぼり気味だという。

「ほら、あそこの梵鐘《ぼんしょう》の石垣。懐かしいな。小学生の頃は晋司と一緒にあそこの周囲をグルグル回って鬼ごっこしたものです」

そう言いながら、馨を誘って梵鐘のところまで行く。今はまったく違う道を進んでいるけれど、小学校の頃は同じように元気に外を走り回って遊んでいた双子だったのだそうだ。けれど、それから間もなく桐島の兄弟それぞれの生き方を決定づける出来事があったという。

「四之宮家ほどりっぱではないが、『菊翠庵』もそれなりの歴史があってね」

「二百年近い歴史だと聞いています。りっぱな老舗ですよね」

「ここまで続いてきたのにはそれなりの訳がある。もちろん、跡を継ぐ者がいたという幸運が一つ。そして、もう一つは初代が残してくれた和菓子の伝書本、いわゆるレシピ本があったことですよ」

門外不出のそれを代々受け継いできて、現在は晋司と簾司の兄である元司《もとじ》が九代目として「菊翠庵」を父親とともに守っている。

「色つきの絵本で、各ページに和菓子の絵があり、その下には材料や作り方が記されている古文書です。兄弟全員、十歳になったときにそれを父親から見せられるんですよ。幸いなことに、長男の元司が作り方に興味を持って和菓子作りをしたいと言い、ご存じのように家業を継いでいます」

だったら、十歳になって本を見た双子の晋司と簾司はどうだったのだろう。馨の疑問に簾司がそれがおもしろいところだとばかり、梵鐘の石垣に腰かけてそのときのことを語り出す。

「兄の晋司は本を見てもまったく興味を示さなかった。それどころか、大きな声では言えないが晋司は甘いものが苦手でね。砂糖や餡《あん》の甘い匂いにも酔いそうになる。わたしはといえば、お菓子作りには興味はわかなかったんだが、本そのものがおもしろいと思った。墨の字も和菓子の絵もそれを描いた者の気持ちが伝わってくる。絵は色や形をひたすら忠実に描き写している。だが、字のほうはそれを作る者の思いが漲《みなぎ》っているように感じた。そして、気がつけばすっかり書に夢中になってしまったというわけです」

そのとき以来、年齢を重ねるにつれ古い書にとりつかれていき、美術館や博物館に通ううちにどんどんと興味の範囲は広がっていったという。京都の大学に通ったのも古書や古美術品に触れる機会が多いからで、学部や学科の問題ではなかったらしい。

「そもそも、書くにしても研究するにしても、日本でまともに書について教えている大学や学部はないのでね。ちなみに大学では総合人間学部で人間科学を選択していたんだが、ろくに勉強はせずに古刹や古書店回りばかりしていましたよ。さっき読んでいた道風の神社も京都の山の奥にあってね。ひっそりとした神社だがお気に入りの場所だった」

兄の晋司は東京の大学を出て商社に就職し、茜の話によると出世コースにいるという。片や簾司は大学卒業後に東京に戻ってきたものの、相変わらず好きな道でどうにか暮らしている。それでも、晋司と違い実家を出て市内のマンションに部屋を借りて生活できているのだから、本人が謙遜するほど放蕩息子ではないのだろう。ただ、堅い企業勤めに比べたらどうしてもそう見えてしまうだけのことだと思う。

「まぁ、うちのことはいいでしょう。ちょっと古臭い和菓子屋で、わたしはそこの道楽息子というだけだ。それより、そろそろ四之宮の家のことも知りたいんだが駄目だろうか？」

その言葉に馨はハッとして、今日こそは言わなければと考えていたことを思い出す。

「あの、四之宮の家についてはどのくらいご存じなのかわかりませんが……」

「そうですね。老舗の古美術商で、顧客には政財界の人から世界中の資産家が名前を連ねていると聞いています。あとは美人姉妹がいるということかな。そして……」

そこまで言って簾司は一度言葉を切った。彼は笑顔のまま単刀直入にたずねてきた。

「わりと有名な噂ですよね。『根絶やしの家』というのは、本当のところどうなんだろうということです」

茜の見合い話が伝わったときから、当然のように桐島の家はそのことを案じていたと思う。それでも、晋司は茜とつき合いたいと言ってくれた。四之宮にとっては本当に有り難いことだった。まして、晋司はこれまでのどの男性よりも茜にとってはいい条件だった。

なにより茜が晋司のことを好いているのを知っているから、この縁談だけはうまくいってほしいと願っているのだ。そのためには簾司とのおつき合いを上手に断わらなければならないし、今日がそのタイミングだと思う。そして、簾司のほうからそのことを口にしたのをきっかけに馨は話しはじめた。

「本当のことが知りたいですか？」

簾司は真剣な表情で頷くと、馨を自分の隣に座るよう手招きをする。一瞬躊躇したのち彼の隣に少し距離を置いて座ると、馨は静かに言葉を続けた。

「噂のとおり、四之宮は呪われているんです」

あまり深刻に伝えては茜と晋司の縁談が壊れる。だが、それを理由に簾司が馨とのつき合いを諦めてくれれば助かる。それに、もうこれ以上性別をごまかしきる自信がなかった。何気ないときに肩が触れ合ったり、さっきのように手を握られたりするたび、自分が男であることがばれたらどうしようと怯えている。男であることがばれれば桐島を騙《だま》したということで大きな問題になるが、それ以上に簾司に呆れられるのが怖い。

茜ではなく馨に声をかけ、初めてプレゼントをくれて、いろいろな話を聞かせてくれた人。頬にキスをされたときは驚いたけれど、それもいやではなかった。茜が晋司のことを好いているように、馨もまた簾司のことを魅力的な大人の男性だと思っている。だから、男だとばれて呆れられ、嫌われる前にこのわずかな間の幸せだった関係を終わらせなければならない。

「呪われている？　それは具体的にどういうことだろう？」

簾司の質問に、馨はツイードのワンピースに合わせて茜に借りたキャメル色のハンドバッグを膝にのせて四之宮の家のことを語り出した。

「四之宮は四番目の家という意味なんです。その昔、一之宮、二之宮、三之宮があり四之宮があって、それぞれが地元の神事を執り行う家系だったようです。それが三百年ほど前にはどういう事情か定かではありませんが古美術を扱う商いを始め、四つの家を泉に譬《たと》えて『四泉堂』の名前がつけられました」

だが、皮肉なもので格の高いはずの一之宮と二之宮は江戸の頃にすでに家系が途絶えてしまい、三之宮も今から百年以上前に消滅している。一之宮と二之宮は単に男子が生まれず、当時は三之宮、四之宮から養子に出せる子もおらずに絶えてしまったのだ。ただし、問題は三之宮だった。絶えた二つの家から当時にしては相当な資産と膨大な美術品を分配された三之宮と四之宮だが、その中に危険な謂《いわ》れを持つ一品があった。

「危険な謂れですか？　なるほど、それが呪いのもとということですね？」

俯き加減で語る馨の横顔を凝視しながら簾司が呟く。古美術にも造詣が深いだけに察しがいい。

「で、それがどういうものだったか聞いてもいいですか？」

それは偶然なのだが、まさに簾司が専門とする書であった。三之宮の得たものの中で、平安期に高貴な身分ながら非業の死を遂げた者が書いた写本が一巻あった。写本の巻末には「この世に天より災いをもたらし、恨みを晴らすためにその血を根絶やしとなさんことを魔となりて願わん」という願文が書かれていたのだ。

当時、三之宮は四之宮よりも格上でありながら、その居丈高《いたけだか》な態度で敵を作り商売がうまく回っていなかった。時代も日本が激変していく江戸から明治の時期である。明治維新の際、幕府側についていた三之宮と新政府側についていた四之宮は時代が明治となり明暗をくっきり分けた形となった。

そこで、没落していく三之宮は例の書を使い四之宮に呪いをかけた。四之宮が根絶やしとなり絶えてしまえば、その資産も顧客もすべて三之宮が独占することができると考えたのだ。だが、それを察して呪詛返しを行ったところ四之宮は生き残り、三之宮が滅んだ。だが、例の書にかけられた四之宮への呪いは解かれることのないまま呪術者が亡くなってしまったため、四之宮は今も「根絶やし」の呪いを受けたままなのだ。

「それで『根絶やしの家』というわけか。それはなかなか興味深い話だ。その書というのも誰のものか気になるな。二、三、思い当たる人物がいるが、なにしろ平安といえば怨霊が跳梁《ちょうりょう》跋扈《ばっこ》していた時代だからね」

さすがにその時代の書を専門としているというだけあって、不気味な話に怯えるどころか彼の目は好奇心に輝いていた。研究者としての気持ちはわかるが、四之宮の家にしてみれば災難としか言いようがない。

「それで、四之宮の家ではお祖母さまとお母さまのご主人も早くに亡くなられたと聞いている。他にも親族で男ばかりが早世しているとか……」

簾司が深刻な表情で呟いたので、馨はわざと小さく肩を竦める仕草をしてから笑みを浮かべる。

「祖父も父も体が丈夫ではなかったんです。夭折した叔父や生まれてすぐに亡くなった子もたまたま男だったようですが、それも単なる偶然です」

「しかし、その『呪いの書』は実在しているのだろう？」

「お話ししたことは単なる言い伝えなんです。ずっと昔にそういうことがあったらしいというだけで、本当のところはわかりません。『呪いの書』というのも、何度も蔵の中の整理をしてきましたが見たことはありません。だいたい今の時代に呪いだなんて誰も信じていませんから。なのに、そんな噂がたってしまって……」

四之宮としては迷惑しているのだと暗に伝えて、この話を笑い飛ばしてもらいたかった。

だが、簾司の表情が和らぐことはなかった。

「偶然ですか。だが、四之宮家は女性しかいない。養子をもらうために茜さんはたびたびお見合いをされてきたようだが……」

そんな簾司の言葉を遮るように馨がはっきりと言う。

「本当に大丈夫なんですよ。でも、噂を気にされる気持ちもわかります。命がかかっていると思えば誰でも怖いでしょうから。ただ、茜が晋司さんと結婚したあかつきには、あの家を出て暮らせばいいと祖母も母も言っています。そんな呪いが本当にあったとしても、外で家庭を持てば何も問題はありません。きっと元気な子どもが生まれて、晋司さんもきちんと寿命を全うできるでしょう」

本当はそんな保証はないのだが、妹の幸せと四之宮の存続を考えればそう言うしかない。それに、まんざら嘘を言っているわけでもない。事実、男の馨も屋敷内でこそ女として生活しているが、大学へは男の姿で通っていながらこうしてちゃんと生きている。

馨の説明を黙って聞いていた簾司だが、屋敷の外で新居を構えることについては納得してくれたようで、いつもの笑顔を見せて頷いた。

「晋司は茜さんがとても気に入っているようで、できればこのまま二人が一緒になってくればいいと思っています。なにしろ、あの堅物がマメにメールや電話をしているようですし、女性の喜ぶようなプレゼントやお店を探していたりするので、見ているこっちのほうが照れくさくなる」

それは、なんだか微笑ましい話だった。茜から聞いているかぎりでは、晋司は大人で浮き足立ったところはないけれど、頼りがいがあって一緒にいると安心できるということだった。だが、晋司は晋司で若い茜とつき合うにあたっていろいろ気遣っていたらしい。

「茜ちゃんも晋司さんのことがとても好きみたいで、その話を聞いたらきっと喜ぶと思います」

「そう。それはよかった。ところで、もう一つ疑問があるんですが聞いてもいいだろうか？」

「四之宮の家のことなら、なんでもどうぞ」

茜が晋司と一緒になれば桐島の家とは親戚づき合いをすることになる。どうしても言えないことはあるにしても、できるだけ隠し事はしないで話せることは話しておくほうがいいと思っていた。だが、彼の質問は四之宮の家についてではなく、茜と馨の姉妹についてだった。

「少し奇妙に思ったことがあるんだが、双子の姉妹なのになぜ茜さんばかりが見合いをしているのかな？　馨さんに見合いの話がなかったのはどうしてだろう？」

それなら理由はちゃんと言える。いつも祖母や母親が答えていたとおりに説明すればいいだけのことだ。

「晋司さんと簾司さんは双子でもまるで違っているとおっしゃいましたよね。茜ちゃんとわたしもそうなんです。見た目はとてもよく似ていると言われるけれど、まるで違うんです」

すると、簾司は少し考える素振りを見せてから頷いている。明るく溌剌《はつらつ》とした茜と内向的な馨の違いは彼も感じているはずだ。でも、それだけではない。

「簾司さんも聞いていると思いますが、わたしは茜ちゃんと違って学校にも通えませんでした。小さい頃から体が弱くてずっと自宅学習でした。だから、茜ちゃんのように外にお友達もいませんし、ピアノのような趣味もないんです」

ただ、祖母や母親について美術品を見て暮らしてきただけで、これからもそんな生活が続いていくだけなのだ。本当は大学に通ってはいるものの、それでも普通の生活とは言い難い。

そもそも、男である馨がこの歳まで生き延びることができるとは祖母も母も考えていなかった。だが、この先も生き長らえることができるとしたら、このままではあまりにも世間を知らなさすぎる。祖母や母もいつまでも馨と一緒にいられるわけではない。茜も養子を取るとはいえ四之宮の跡継ぎを無事に産むために屋敷を出なければならず、馨と生活をともにすることはできない。

ならば、自分の身の回りのことばかりか、社会生活にも順応できるようになったほうがいいと考え、祖母が馨の大学入学を許可してくれたのだ。

だが、そんな事情は逐一簾司に話す必要はない。ただ彼の疑問に答えて、自分は茜とは違うということをわかってもらえたらいい。

「茜ちゃんばかりがお見合いをしているのは、双子でも彼女のほうがお姉さんなので、できれば先に結婚したほうがいいということもあります。でも、もともと体が弱いわたしでは、嫁ぐことも難しいだろうとお医者様に言われていますから……」

本当は馨のほうが兄だが、もちろん表向きは茜が姉ということにしてある。また、体が虚弱なのは本当で、普通の嫁としては勤まらないのも嘘というわけではない。だから、簾司とのおつき合いもこれ以上続けてもどうすることもできない。暗にそのことをほのめかして、馨がチラリと横にいる簾司を見た。

彼も三十三という年齢なのだから、女性とつき合うとしたら当然のように結婚を考えているはずだ。それが無理な相手だと納得すれば、簾司のほうからこのおつき合いについて考え直してくれるかもしれない。

「なるほどね……」

少し難しい表情になりそう呟いて頷いたものの、簾司がなかなかその一言を口にしてくれない。事情を聞くなり別れを口にするのもどうかと思案しているのかもしれない。そこで、馨のほうからはっきりと二人きりで会うのは今日を最後にしたいと言おうとしたときだった。

簾司が馨のほうを向いて立ち上がったかと思うと、普段どおりの笑顔を浮かべていた。

「兄の見合いの席で、いきなり便乗する形でおつき合いを申し込んだことはいささか強引だったと反省していたんです。でも、今の話を聞いてあの日は出かけていって正解だったとつくづく思っていますよ。そうでなければ、君と出会う機会はなかったでしょうからね」

「簾司さん……？」

「正直に言いますよ。わたしは職業柄『四泉堂』のコレクションにも興味があるし、書を専門とする古美術専門家として『呪いの書』にも興味がある。ですが、今は何よりも君自身に興味がある」

馨としては遠回しにおつき合いをやめたいと伝えたつもりなのに、簾司のまったく反対の言葉にうろたえたように彼の顔を見上げる。

「あ、あの、だから、わたしは……」

これ以上強い言葉を使うのも憚られるし、どうしたらいいのかわからずにいる馨に簾司はさらに問いかけてくる。

「馨さんはわたしと二人きりで会ってみてどうなんだろう？　わたしは君といるととても楽しいんだ。愛らしい容貌にも心惹かれているし、古美術や書の話につき合ってくれる女性は多くないのでつい夢中になってしまう。迷惑に思われていなければいいんだけれど」

「いえ、迷惑だとは思っていません。わたしもいろいろなお話が聞けて楽しいです。ただ……」

「ただ？」

簾司が優しい笑顔で馨の言葉の続きを促す。どうしたらいいのだろう。これ以上おつき合いはできないと言わなければいけないのに、心のどこかでそれを言いたくないと思っている自分がいる。

（本当は男なのに、どうしてこんな気持ちになるんだろう……）

生きているだけでいいと言われてきた人生で、ようやく大学に通えるようになった。それだけでも充分だと思っていたし、恋愛など自分の人生にはまったく無縁だととっくに諦めていた。

なのに、茜が晋司と楽しそうにデートをして、帰宅した彼女にその話を聞かされるとき、馨の中で羨む気持ちがないわけではなかった。想像もしていなかったけれど、自分も簾司におつき合いを申し込まれたことで奇妙な欲が出てしまったのかもしれない。

男でありながら、女としてでもいいから恋愛の真似事を経験してみたくなった。そして、簾司は馨にとってはそうしたいと思わせるだけの魅力的な大人の男性なのだ。

会うたびに馨の緊張は解きほぐされ、気がつけば彼の話に引き込まれている。簾司は古美術や書の話ができる女性は少ないというけれど、馨はたまたまそういう環境で育ち、そのことしか知らないだけなのだ。

それでも、こんな自分と一緒にいて楽しいとこの人は言ってくれる。馨は自分が女に生まれなかったことを今日くらい残念に思ったことはない。複雑な思いで俯いていると、言葉の続かない馨に簾司がもう一度優しくたずねる。

「もしかして、わたしは馨さんを困らせているのかな?」

「いえ、そんなことは……」

小さく首を横に振ってみせるのが精一杯だった。すると、簾司は「よかった」と安堵の吐息を漏らしていたかと思うと、両手を伸ばして馨の肩に置く。男にしては華奢だけれど、茜のように柔らかななで肩ではない。慌ててその手から逃れようとしたら、反対に彼にしっかりと抱き寄せられる。強引でも乱暴でもないのにはっきりとした意思が感じられて、馨は緊張した体を震わせているしかなかった。

「あ、あの、簾司さ……ん」

「君を怯えさせたいわけじゃない。でも、少しの間だけこうしていてもいいかな?」

困っているのにそうとは言えなかった。恥ずかしいけれどやめてほしいとも言えない。簾司が思ってくれていても自分は男で、彼がどんなに一緒にいて楽しくてステキな人でも、二人の関係に未来はない。でも、彼の温かい胸の中にいて、それを正直に言う勇気は馨にはなかった。

◆◆

「いいこと。今度こそ、きちんとお断わりしてくるのよ」

その日、半ば呆れたように母親から注意をされたのはもちろん簾司とのおつき合いのことだ。祖母が案じていて、そんな彼女の言葉を母親が代弁していることはわかっている。高齢の祖母が今一番望んでいるのは茜の縁談だ。せっかくうまくいっているのに、馨のことでこの話が破談にならないようにと願っているのはわかる。もちろん、簾司に誘われるたび馨もそのつもりで出かけていたのだが、どうしてもその言葉が言えずにいた。

『大学での講義も無事終わったので、少し時間ができる。どうだろう。今度一緒にドライブにでも行かないかい？　ただし、目的地は山梨の古民家なんだけどね。あちらの骨董商から連絡があって、ちょっと珍しいカルタが見つかったらしい』

カルタもコレクターの多いアイテムだ。だが、「四泉堂」の顧客が求めるものと、簾司が仕分けを頼まれているものの価値が違っている場合も多々あって、それほど商売を喰い合っているわけでもない。なので、そういう誘いを受ければ「四泉堂」の人間としてではなく一個人としても興味があって見てみたくなる。

けれど、また誘いを受けてしまったらズルズルと簾司とのおつき合いが続いてしまう。それはもう許されないところまできているとわかっていた。

「少し考えさせてください。乗り物に弱いのであまり遠くまでご一緒して、途中でご迷惑をかけるのは申し訳ないので……」

そんな言葉で返事を先延ばししたものの、馨の心は揺れていた。できれば自分を偽ってでも、もう少しだけ彼と一緒にいたい。そして、自分の部屋で一人、切ったばかりの携帯電話を見つめながら溜息を漏らす。

大学で髪についていた枯れ葉を取ってもらったときもそうだったけれど、彼は本当に自然に手を伸ばして触れてくる。女性だと疑っていない馨に対してもそうだ。だとしたら、誰に対しても同じで深い意味はないのだろうか。

（ううん、きっとそんなことはないはず……）

飄々としていてつかみどころがないとはいえ、不誠実な人間だとは思えない。まして、馨が女性だと信じている彼が、遊び半分で交際を申し込むとも思えない。本気で望まれているなら嬉しいけれど、それに応えられない自分が悲しい。馨はベッドに突っ伏して枕に顔を埋《うず》めて嗚咽《おえつ》を漏らす。

ずっと一人で生きていくと思っていたのに、思いがけず他人の温《ぬく》もりを知ってしまい、こんなにも心が痛くて辛《つら》い思いをしている。ままならない気持ちをどうしたらいいのかわからず、ただ涙がポロポロこぼれて落ちてくる。そのとき、部屋のドアがノックされて茜の声がした。馨は慌てて自分の濡《ぬ》れた頬を手のひらで拭《ぬぐ》ったが、泣き顔をごまかすことはできなかった。

「馨ちゃん、どうしたの？」

ベッドに駆け寄って茜が馨の顔をのぞき込んでくる。なんでもないと首を横に振っても、赤い目が茜に自分の悲しみを訴えてしまうのだ。茜は馨の悲しみの理由を考えて、小さな声で確認する。

「簾司さんのこと？」

そうだと言えば茜もまた心を痛める。だから、違うと呟いた。すると、茜はすべてを察したように馨を両手で抱き締めてくる。双子はこういうとき嘘がつけないから困る。

「ごめんね。ごめんね、馨ちゃん」

「どうして茜ちゃんが謝るの？　茜ちゃんのせいじゃないのに」

「だって、わたし馨ちゃんの気持ちも知らないで、晋司さんとのことですっかり浮かれていたんだもの」

「それでいいの。茜ちゃんの結婚は四之宮にとってとても大切なことだから」

「でも、馨ちゃんだって幸せになる権利はあるはずよ」

馨は、それは違うと首を横に振った。

「わたしは男だから。この家では男は生きていたらいけない……」

「そんなことないわっ。呪いなんて嘘よ。本当は馨ちゃんだって普通に暮らせるはず。女の子の格好なんかしなくても、大学へ通っているときみたいに……」

そこまで言いかけて、それでは何も救いにならないことに気づいたように茜は口を閉ざしてしまう。もし呪いが嘘で男として馨が生きていけるとしても、簾司との恋愛は成就しないことになる。女のまま生きていくとすれば、それは誰とも心を通わせることもできない人生を歩まなければならないということだ。そして、どちらにしても馨には孤独しかない。

「男に生まれたら、もうどうすることもできないのよ。だから、ちゃんと簾司さんとお別れするわ。大丈夫。楽しかった思い出だけでもできたから、それでわたしには充分。でも、ちょっとだけわたしも女の子に生まれたかったなぁ」

馨が泣き笑いで言うと、今度は茜のほうがボロボロと涙をこぼしながら抱きついてくる。女に生まれてこなかったことは悲しいけれど、それでもやっぱり双子でよかったと思う。こうして誰にも言えない胸の内を察して慰めてくれる相手があることが、今の馨にはどれほど救いになっているかわからない。

「馨ちゃん、可哀想。とてもとても可哀想……」

他の誰かに言われれば口先だけの同情にしか聞こえない言葉も、茜の言葉だから心に染み込んでくる。優しさばかりでなく、彼女が馨の心の痛みを自分の痛みとして感じてくれているのがひしひしと伝わってくるからだ。

祖父や父、夭折した叔父や兄たちも無念だっただろう。馨はこの歳まで生き延びることができたけれど、それでもやっぱり無念な気持ちは変わらない。これが四之宮にかけられた呪いであって、男系に降りかかる不幸は偶然でも迷信でもない。

簾司に問われたとき、呪いなどあくまでも噂でしかなくて、そんな書は見たこともないと嘘を言った。そう言わなければ茜の縁談が壊れてしまうかもしれないと思ったから。けれど、その書は間違いなく四之宮の蔵にある。馨はその現物を七歳のときと十四歳のときに自らの目で確認している。

祖母に連れられていきその書を初めて見たとき、禍々《まがまが》しさのあまり馨は悲鳴を上げてその場でしゃがみ込んで動けなくなった。だが、祖母はこれが四之宮を苦しめている諸悪の根源であり、馨が闘わなければならないものだと言った。そして、書を前にして気持ちを引き締め、生き延びたいと強い意思を持つよう戒められた。

祖母は誰の書なのかは語らなかった。それは語らないのではなく、正確なことが伝わっていないから語れなかったのだろう。平安期のものだということはわかっていても、その時代の書は有名無名にかかわらず思いのほか多く残っている。特定して呪いそのものを解明するよりも、四之宮はそれを固く封印することを選んだのだ。

十四歳のときも馨は震えながらそれを見た。普段は厳重に封印されているそれを祖母とともに確認するのは、七年おきの儀式のようなものだった。来年の三月には二十一になるからまたあの書を確認することになるだろう。世間や己を偽ってでも生き長らえるために、恐れと怯えに耐えて自分を呪うものと対峙《たいじ》しなければならないのだ。

馨はふと虚しさを覚える。四之宮を守るためという理由に縛られて、心を許せる人もいないままこの先も孤独な人生を生きていくことに意味などあるのだろうか。そんな寂しい人生ならいっそ祖父や父のように逝ってしまってもいい。いっそそうなればいいのにと、心で涙しながら思ってしまう馨だった。

簾司への返事を先送りにしたまま、その週もいつもどおり大学に通っていた。今週から始まっていた冬期休暇前の試験も、金曜日の今日の経営理論で終了する。あとは決められたレポートを提出するだけだ。

キャンパスの並木はもうすっかり丸裸となり、今は黒い枝だけが灰色の寒々しい空に向かって伸びているばかり。馨はダッフルコートのボタンを一番上までとめて校舎を出ると、明日には提出予定のレポートの仕上げをするため早々に帰宅するつもりだった。ところが、カフェテリアの近くを歩いていると見知らぬ学生から声をかけられる。

「あの、君、四之宮くん？」

頷くと彼は馨に言った。

「倉本教授が呼んでいるよ。東棟の教授の部屋までこいってさ」

思いがけない言葉に馨が怪訝《けげん》な表情になり呟く。

「え……っ？　でも、僕は学部が違うんだけどなんで……」

「知らないよ。俺は伝言を頼まれただけだからさ。じゃ、とにかく伝えたからな」

それだけ言うと、彼はさっさとカフェテリアの中へと入っていってしまった。残された馨はその場で立ち止まったまま考える。

一年前に倉本の特別講義を受けたことはあるが、それは単位には関係のない希望者のみが参加するものだった。一応名前を書いてエントリーはしたが、大勢いた学生の中で馨の名前を覚えていたとも思えない。

（だったら、どうして……？）

他に思い当たるとすれば以前に簾司を彼の部屋まで案内したことくらいだが、それで呼び出される意味がわからない。どうしようかと悩んでいたものの、教授に呼ばれているのに無視するわけにもいかない。それに、簾司の特別講義の期間はすでに終わっている。倉本のところへ顔を出したとしても、彼と会うことはないだろう。

馨は倉本の部屋のある東棟に向かいながら、一ヶ月以上前に突然声をかけられ道案内を頼まれたときのことを思い出す。あのときは今のような状況になることは想像すらできなかった。そう思うと、普段は近寄ることもない東棟への道を再び歩いているのがなんだか不思議な気分だった。

あの日と同じように人気《ひとけ》のない棟の二階の廊下を進み、今日は角を曲がって教授の部屋の前で一呼吸してからドアをノックする。

「どうぞ」

すぐに戻ってきた声を聞き反射的にノブを回してドアを開けながらも、頭の中に何か奇妙な感覚がよぎる。次の瞬間、その奇妙さの原因に気づき慌てて手を止めようとしたもののドアはすでに半分以上開いた状態だった。いまさらその手を引いてドアを閉じるわけにはいかない。そして、部屋の中にいた人物を見た馨は、血の気が引く思いとともにその場で完全に固まってしまった。

中にいるのは倉本教授だと疑わずにドアを開けてしまったが、奇妙に思ったのは中から聞こえた声が老齢に近い彼のものと違っていたから。そして、違ってはいたもののドアを開いてしまったのはその声に聞き覚えがあったから。一瞬の混乱が頭の中の考えと体の動きをちぐはぐなものにしてしまった。そして、最悪の結果が目の前にあった。

「やぁ、久しぶりと言えばいいのかな?」

笑顔でそう言ったのは他でもない簾司だった。もう受け持っている講義はないはずだし、そもそも今日は土曜日でもない。だが、彼は倉本の部屋で馨を招くように両手を開いて立っている。そんな彼を前にして、馨は入り口で立ち止まったまま足が一歩も前に出ない。

すると、簾司のほうから近づいてきたかと思うと馨の肩に手をかけた。ビクリと体を緊張させ怯えた目で見上げたものの、簾司と視線が合うとすぐに顔を伏せてしまう。もう唇の震えが止められず、声さえも出せない。

「すごい偶然もあるものだな、四之宮馨くん。いや、四之宮馨さんと呼んだほうがいいのかな?」

その一言で馨は眩暈《めまい》を感じて、今度こそ膝から崩れ落ちそうになった。名前をそうやって

呼んで確認しているということは、彼は完全に気づいているということだ。もはやごまかす術《すべ》など何もない。

「顔色が悪いね。どうしたの？　具合がよくないのかな？　座ったほうがいい。ほら、こちらへおいで」

倉本は不在なのか簾司はそう言うと馨の肩を抱くようにして部屋に招き入れ、デスクのそばの椅子へと座らせる。

「ドライブの誘いになかなか返事をもらえないでいるところをみると、そろそろ潮時なのかな。だったら、おつき合いを断わられる前にはっきりさせておいたほうがいいと思ってね」

そして、自分は倉本のデスクに座ると、馨に向かってあらためてたずねる。

「念のため確認しておくが、大学へはその姿で通っているということはこちらが君の本来の姿ということでいいね？」

簾司にしてみれば、言いたいことや問いたいことが山ほどあるのはわかる。口調はあくまでも穏やかだが、騙していたことについて彼が憤慨していないというわけではないだろう。これは晋司と茜の縁談に大きく影響することなのだ。早くにけじめをつけなかった自分の責任を考えると、どうにかしなければという気持ちから思わず縋《すが》るように彼を見て言った。

「ご、ごめんなさい。本当にごめんなさい。騙すつもりじゃなかったんです。でも、どうしようもない事情があったんです。だから、どうか晋司さんと茜の縁談について白紙にするようなことだけは堪忍してください。このとおりです。お願いします」

そして、両手を膝の上で絡ませて俯くときつく目を閉じる。とても簾司の顔をまともに見ていることはできなかった。今の馨は、床に額をつけて詫びてどうにかなるならそれさえも厭《いと》わないつもりだった。

馨の懇願に対して、簾司の口から漏れたのは長い溜息だった。呆れられているのは重々わかっている。許してほしいというのも身勝手な話だろう。それでも、四之宮には四之宮の事情があってどうすることもできなかったのだ。

ところが、身を縮めるようにしている馨にかけられた彼の言葉は、意外にも非難ではなかった。

「そんなふうに詫びられると、こちらも少々気まずいんだがね。わたしも君が女性でないことはわかっていて、あの場で強引に交際を申し込んだわけだから」

「えっ？　それは……」

彼はお見合いの席で、すでに馨が大学で会った男子学生であることに気づいていたということだろうか。だったら、どうして交際を申し込んだりしたのだろう。不思議に思ったものの、その答えはすぐに思い浮かんだ。

簾司はあの日も四之宮の屋敷の内部を見たいという理由で兄のお見合いについてきたと言っていた。要するに、馨が男だろうが女だろうが四之宮の人間であればいいという意味だ。

馨とつき合っていれば、そのうち四之宮の所蔵する美術品が拝めるかもしれない。もとより本気でつき合うつもりなどなく、馨の性別を問い詰めるより彼の好奇心が勝ったということだろう。

だとすれば、まだ交渉の余地もあるかもしれない。馨は祈るような思いで恐る恐る簾司の顔を見上げ、そのことをたずねようとした。だが、馨よりも先に簾司がちょっと悪戯《いたずら》っぽい、例の少年のような笑みを浮かべたかと思うとたずねる。

「キャンパスで道をたずねた君と、『四泉堂』で出会った君は性別が違っていた。だが、同じ人物ではないかという思いはすぐに確信に変わった。それはどうしてだと思う？」

確かに不思議ではあった。お見合いの日は着物姿で化粧もしっかりとしていたのだ。洋服姿で見破られたならともかく、あの日にすでに気づいていたというのは彼の洞察力の鋭さということだろうか。普段から古美術の目利きをしているくらいだから、目がいいことは間違いないと思う。けれど、馨の女装はこれまで誰にも見破られたことがないのだ。

「それはね、これだよ」

そう言って手を伸ばしてきたので馨が再び体を硬くすると、彼の指先が右の耳にそっと触れた。そして、耳介《じかい》の裏側を撫でたかと思うと、そこに特徴的な形のホクロがあるのだと言う。枯れ葉を取ったときに気づき、お見合いの日は馨の後ろについて廊下を歩きながらそれを見つけ、その後デートで肩を抱き寄せたときに確信したという。

「正面から鏡を見ていると映らない場所だからね、自分でも気づいていなかったのかな？三日月の形をしているとても珍しい小さなホクロだよ。それだけじゃない。君からは独特の香りがするんだ。この校舎に入って一緒に廊下を歩いていたときに気づいた。若い人がつけるコロンの香りじゃない。沈香《じんこう》だ。それは四之宮の屋敷でも感じた香りだった」

簾司の説明を聞いて、馨は両手で顔を覆ってしまった。香道をたしなむ祖母はよく香を焚《た》く。沈香は彼女が好むので、屋敷ばかりか馨の髪にもその香りが微《かす》かとはいえ残っていたのだろう。普通の人なら気づかないようなことかもしれない。けれど、彼の目と鼻はごまかせなかったということだ。

「四之宮家の美しい双子の姉妹の片方は男だった。だが、君は女性として育てられ、世間にもそのように知らしめている。それはなぜか？」

簾司がいきなり核心に迫り、馨は小さな悲鳴を上げる。世間でどんな噂を立てられようと素知らぬ顔で、迷信だ、偶然だとしらばっくれてきた。だが、馨が男であることに気づいた簾司にはもうごまかすことはできない。そして、その答えを馨が言うまでもなく簾司がずばり口にした。

「つまり、『根絶やしの家』であり、『呪いの書』の話は事実だったということだ」

男は何者であろうと四之宮では寿命を全うすることができない。その命は呪いによって早々に絶たれてしまうのだ。養子として四之宮に入った祖父も父もそうだった。ならば、晋司を四之宮の養子に入れることはできないと考えるのは当然だろう。けれど、馨のようなケースもある。だから、呪いから逃れる術はあるはずだと信じている。

「わかりません。本当にわからないんです。『呪いの書』は確かに蔵に存在しますが、四之宮の男系の早世がそれのせいだと証明されているわけではないんです。それに、わたしは……、僕は……」

簾司の前でどちらの一人称を使えばいいのかわからず、一度は口ごもってしまった。だが、そんなことをより今は彼に訴えなければならないことがある。

「いろいろと奇妙に思われるのはわかっています。古い家なので、今の時代にそぐわないことも多々あります。けれど、僕は屋敷にいても女の格好をしてこの歳まで生き延びてきました。祖父や父は屋敷で暮らしていたせいで早くに逝ってしまったのだとすれば、呪いが本当だとしても生き延びることは可能です。祖母と母の言うように、晋司さんと茜は外で暮らせばいいだけです。そうすればきっと無事でいられるはずだし、もし男の子が生まれても大丈夫です」

馨は自らの普通ではない生き方を取り繕うことも忘れ、とにかく晋司と茜の縁談をこのままそっとしておいてほしいと頼んだ。もちろん、簾司は自分の双子の兄の晋司の身を案じているだろうし、気休めのような言葉を安易に信じることはできないのもわかる。だが、四之宮の人間として、また茜の兄として、馨はひたすらそう懇願するしかなかった。

（ああ、どうしよう……。全部僕のせいだ……）

絶望に打ちひしがれてしまうのは、かえすがえすも自分の判断の甘さと決断の遅さだ。最初から彼に疑いを持たれていたとしても、早々におつき合いを断わっていれば決定的な証拠をつかまれることもなくシラを切り通すこともできたかもしれないのだ。

馨がこれ以上ないほど深刻な思いで俯きながら返事を待っていると、簾司はデスクから立ち上がり部屋の中をゆっくりと歩き回っていた。そして、再び馨の前で立ち止まると、そこで思いのほか明るい声色で言う。

「まぁ、正直なところ晋司のことは案じていないんだ。彼はそういうことを気にする人間じゃない。本当に茜さんのことが好きでつき合っているだけで、両親が噂を気にして断わったほうがいいんじゃないかと忠告してもまったく聞く耳を持たなかったくらいだ」

「え……っ？」

「だいだい、呪いなど信じない人間でね。そういうことに関する晋司の鈍感さは、とても自分の双子の兄とは思えないくらいだ。だが、それが悪いわけじゃない。晋司は実際大丈夫だと思う。少なくとも、君の言うように四之宮を名乗ってもあの屋敷で暮らさなければね」

「れ、簾司さん……」

まさかそんな心強い言葉を聞かされるとは思ってもいなかった。だが、彼の表情は言葉に反して真剣なものだった。

「問題は晋司と茜さんより、君のほうだろう」

「ぼ、僕ですか？」

馨が驚いて簾司を見ると、彼がまたいつもの優しい笑顔になって頷く。

「古雅に宗旨変えかと笑われたが、女性の姿も悪くなかったと思うよ。だが、やっぱり本来の君の姿のほうがわたしは好きだな」

好きという言葉の意味がわからなかった。それは晋司が茜に対して抱いているような気持ちではないはず。なぜなら彼はもう馨が女性ではないとわかっているのだから。それでも、簾司は学生に講義をして聞かせるかのように腕組みをしてデスクに腰をあずけたまま言葉を続ける。

「最初のデートのとき、わたしは君が男だと知っていたけれどキスをした。頬にだったが、それは君をあまり驚かせたり警戒させたりするのは本意ではなかったので、精一杯の理性を働かせたということだ」

「ど、どういう意味ですか……？」

「つまり、わたしは性別で人を好きになる人間じゃないということだ。いや、もっと正直に言うと、女性よりも同性に対して恋愛感情を抱くタイプの人間なんだよ。だから、君が男であることは恋愛の障害ではないということになる。ただし、君もそれを受け入れることができるならという話なんだが」

恋愛という言葉が馨の心を強く打った。そして、それが簾司と馨の間でという意味だとわかって、またしても混乱にとらわれてしまう。

「で、でも……、あの……、僕は……」

一度簾司を見上げたものの、馨は両手で自分の頭を抱える。女性でないことがばれてしまったというだけでも困惑の極みだというのに、簾司は恋愛の話をしている。

（どういうこと……？　僕が男であってもいいということ……？　本当にそんなことがあるの？）

自分が女でなかったことをあれほど嘆き、茜に「可哀想な馨ちゃん」と慰められたはずなのに、そんな必要はなかったということだろうか。すると、馨の狼狽《ろうばい》ぶりを見かねたように簾司はそばにきて床にしゃがむと、低い位置から俯いたままの顔をのぞき込んでくる。

「ちょっと落ち着いて考えてみようか。わたしはこの大学で君に初めて出会って声をかけた。道をたずねるだけなら他にも学生は大勢いたんだから誰でもよかった。けれど、わたしは君がいいと思った」

言われてみれば、あのときは大勢の学生があの並木道を歩いていたはずだ。偶然立ち止まっていたから声をかけられたのだと思ったが、簾司はけっしてそうではないという。

「あのとき、名前を聞きそびれたがもう一度君に会えればいいと思っていた。学生の数は多いが、君くらいのきれいな青年ならすぐに見つけられるだろうと焦ってもいなかった。ところが、大学で探すまでもなく君と再会することができた。兄のお見合いの席でのことだ。車から降りて着物姿の君を見たときは、正直驚かされたよ。一瞬自分の目を疑ったくらいだ」

タクシーから降りてきた彼を出迎えた馨も驚いたが、簾司のほうは言葉で言うほど驚いた様子には見えなかった。そして、屋敷の廊下を歩いているときもお見合いの席で言葉を交わしたときも、とても自然な態度に見えた。

だが、彼はあのときからすでに馨が男だとわかっていて、兄の見合いに乗じて馨に交際を申し込んだというのだ。それが恋愛感情からだと言われてもにわかに信じられない。やっぱり、彼の胸の内にあるのは他の思惑ではないのだろうか。そうでなければ、彼のような人が馨なんかを本気で相手にするとは思えなかった。

「あの、四之宮の古美術品を見たいというのなら……」

茜の縁談さえまとまれば、祖母に頼んで簾司に蔵を見せることもできると思う。暗にそのことを伝えようとすると、今度こそ簾司は呆れたような表情になり大きな溜息とともに肩を竦めてみせた。そういう仕草に馨のほうはまた萎縮して言葉を失ってしまう。すると、そんな馨に向かって簾司は出来の悪い生徒に勉強を教えるかのように、ゆっくりと言葉を選んで話す。

「この間も言ったはずだよ。わたしは職業柄『四泉堂』のコレクションにも興味がある。それは認めるよ。だが、何よりも君自身に興味があるし、君といるととても楽しい。その言葉にいっさい嘘はない。そして、君もわたしといると楽しいと言ってくれたはずだね？　違うのかい？」

問われて答えを求められ、馨は小さく首を横に振る。

「違いません。そのとおりです……」

震える声で言うと、簾司が安堵とともに馨の両手を握ってくる。ハッとしたけれど、その手を引くことはできなかった。

「数奇な運命を生きてきたんだね。可哀想に。でも、君はとてもきれいな青年だ。四之宮の屋敷に囚われて、たった一人で生きていくなんてことはさせたくないね。わたしは君を救いたい。きっと何か助けになることができると思うんだ」

簾司が握った馨の手に自らの唇を寄せる。まだ疑いと怯えの気持ちはあるのに、彼の言葉が馨の心の中にやんわりと染み込んでいく。茜の言葉と同じように、ただの同情ではなくてそれ以上の何かがあると感じられるのだ。

「僕は男なのに？　それでも、本当にそう思ってくれるんですか？」

気がつけば涙が頬を伝っていた。簾司もそれに気づいて、指先でこぼれる涙をすくいとってくれる。

「あらためて本来の君と向き合ってみて、愛しいと思う気持ちは揺るぎないと感じている。君がこれまでの二十年間、誰かを思うことがあったのかどうかはわからない。けれど、わたしとこれからの時間を過ごしてくれればとても嬉しく思うよ」

「簾司さん……」

大学で、しかも男の姿のままで彼の名前を呼ぶのは不思議な気持ちだった。そして、馨は生まれて初めてはっきりと心の高ぶりを覚えている。茜が晋司と出会って心をときめかせたように、今確かに馨は簾司の言葉に喜びの鼓動を感じているのだった。

◆◆

自分は男なのに男でいてはいけない。女の姿をしているけれど茜のように女でもない。女ではないから結婚は望めない。男に戻れば死んでしまうから誰かと恋愛することなどあり得ない。自分は男でも女でもない生き物で、ずっと四之宮の屋敷で孤独に震えて生きていくだけだと思っていた。

「なんだかステキよね」

茜がピアノを弾きながら言う。なぜか馨以上に興奮していて、鍵盤を叩く手が無駄に弾んでいる。

「そうかな。でも、男同士なんだよ。変じゃないかな?」

ピアノは弾かないが、同じ椅子に並んで座りながら馨が照れたようにたずねる。もちろん、篠司との関係についてのことだ。いつもは家の中で茜と話すときも女言葉を使うけれど、今日はなんだか男言葉を意識してしまう。

「変じゃないわよ。だって、馨ちゃんは女の子みたいに可愛いもの」

「それってずいぶんしょってるよ。茜ちゃんもそっくりな顔なんだから」

茜はペロリと舌を出して肩を竦めてみせる。篠司とのことはよもや祖母や母には話せるわけもない。おつき合いを断わってくるどころか、男だとばれたあげくにあらためておつき合いを申し込まれ、馨はそれに頷いてしまったのだ。いくら茜の縁談に支障はないと篠司が約束してくれたとはいえ、四之宮に呪いの書が実在することも話してしまった。

祖母や母に知られればきっときつく叱られてしまう。もちろん、篠司とのおつき合いも厳しく禁じられるだろう。けれど、茜ならどんなことでも話せる。そして、案の定彼女は素直に喜んでくれて、馨の不安を笑顔で吹き払ってくれようとする。

「篠司さんはやっぱり噂どおりの変わり者ね。晋司さんとはまるで違ってる。でも、ステキな変わり者よ。きっと馨ちゃんにはああいう人がちょうどいいんだと思うわ」

「なんだか励まされているんだか、呆れられているんだかわからないよ」

「もちろん応援しているのよ。ただ……」

明るい口調で楽しくピアノを弾いていた茜だが、チラリとこちらを見て心配そうな表情になる。

「ただ、何？」

「お祖母さまと母さまには内緒にしておかないとね」

やっぱり茜も同じことを案じていた。家族に嘘をつくのは気が引けるが、大学へ通っている間は家族の目があるわけではないから馨は自由だ。茜も協力してくれるというから、これまでどおり簾司とのつき合いを続けることはできると思う。そして、馨自身が何よりもそれを望んでいる。

「秘密の恋をするなんて、馨ちゃんは茜よりずっとロマンチックよ」

そう言いながら茜はリストの「愛の夢」の第三楽章を弾いてみせる。「できうるかぎり愛して」という情熱的なタイトルの有名なピアノ曲だ。だが、茜が言うようにロマンチックな恋と浮かれる気持ちより、実は不安のほうが大きい。祖母と母に嘘をつくこともそうだが、簾司は馨に言ったのだ。

『わたしは君を救いたい。きっと何か助けになることができると思うんだ』

そんな言葉を馨にかけてくれる人に出会えるなんて思ってもいなかった。「呪いの書」について話したときも徒《いたずら》に怯えることもなく、書の専門家としてできることがあると思うと言ってくれた。

あの「呪いの書」については長い年月、四之宮の家が苦しみ続けてきた。これまでも呪いを解く試みについては検討されたこともある。けれど、呪いをかけた本人はすでに他界して百年以上になる。もちろん、呪いを返した術者ももうこの世にはいない。そして、今となっては呪いを解けるだけの力を持った呪術者がいない。そのため、「呪いの書」は厳重に封印しておくしかなかったのだ。

それでも、簾司は自分にできることがあるかもしれないと言う。にわかに信じることはできないと思いつつもの、なぜか彼に縋ってみたい気持ちがあった。

四之宮の家で男に生まれた馨は学校にも通えず、死の恐怖に怯え続けてきた。これが四之宮の定めだと言い聞かされてきて、自分でも納得しているつもりだった。だが、茜が晋司から交際を申し込まれて幸せそうにしている姿を見たとき、馨は生まれて初めて自分の妹への嫉妬を覚えた。自分には一生そんなときは訪れないのだと悲しくなった。それだけではない。なまじ簾司に交際を申し込まれたばっかりに、馨の悲しさとも惨めさともつかない気持ちがなおさら募っていった。

性別を偽ってデートを重ねるたびに簾司といる時間の楽しさに心が浮かれてしまう。けれど、このままではいられない。茜の縁談のために自分はこの交際を終わらせなければならない。そう思えば思うほど「どうして自分だけ」と思う気持ちが強くなっていった。

茜の幸せを願っていることは間違いないのに、彼女を見ていると自分の存在理由がわからなくなっていく。自分はなんのために生きているのだろう。大学に通えるようになったとはいえ、卒業すればまた屋敷に引きこもり、一生自分の性を偽り女性の姿で生きていくしかない。

茜は晋司と家庭を持って屋敷を出たのち、やがては祖母が逝き母が逝き、馨は誰とも心を通わせることなく孤独だけを唯一の友人にして暮らしていくだけ。茜の産んだ子を「四泉堂」の跡継ぎとして育てる使命があっても、その子が男であれ女であれ辛い運命を背負わせることに変わりはない。

だったら、もう自分たちの世代ですべてを終わらせてもいいのではないか。呪いの連鎖に怯えながら生きる一族を、多くの犠牲を払って存続させる意味などあるのだろうか。

(そんなの、茜の子どもだって可哀想だもの……)

込み上げてきた刹那的な気持ちが、馨の背中を押した。何もかも壊れてしまえばいいと思うくらいなら、いっそ簾司の言葉を信じてみてもいいのではないか。そこに一縷《いちる》の望みを見出そうとしたのも事実だ。けれど、何よりも初めて本当の馨の姿を知って、それでも「愛しい」と言ってくれた人の言葉だから信じたかったのだ。

「とにかく、その呪いが解ければいいわけだ。そうすれば君も自由になれる。晋司も安心して屋敷に出入りできるし、男の子が生まれて四之宮を継いでも大丈夫ということになる」

「でも、そんなことが本当にできるんでしょうか?」

「諦める理由はないさ。かけた呪いは必ず解けるようになっている。だが、そのためにはまずその『呪いの書』を見てみたい」

その日の大学はすでに冬期休暇に入っていたが、馨はゼミの講習会があるといって家を出てきた。簾司との待ち合わせは初めてのデートでも使った森林公園近くのカフェテリアだ。彼ももう大学の特別講義を終えていて時間の自由がきくので、四之宮の「呪いの書」についていろいろと調べてくれている。

「前にも言ったように、平安時代は怨霊のデパートみたいな時代だ。怪しげな書なら山ほどある。その中で、四之宮の『根絶やし』に利用できそうなものが思いつくだけでざっと四つから五つ。誰の書を使ったかわかれば、呪いを解くヒントもそこにあるかもしれない」

あるいは、呪いを解くことができなくても、それを消滅させる方法があるかもしれないというのだ。そのためには、やはり誰の書なのかを特定するしかない。

それは四之宮の蔵の奥に封印されている。当然ながら馨といえども自由に見ることはできないし、祖母の榮の許可なしに持ち出すことはできない。馨がそのことを話せば、簾司も何か術はないものかと考え込んでいた。

「誰かに協力を頼むことはできないかな？」

「協力ですか……」

簾司の言葉に馨も考える。祖母に本当のことを話してもきっと許してもらえない。母は祖母の言うことにけっして逆らわないから無理だ。そうなると、蔵の鍵を持っている二宮くらいしかいない。

「二宮さんというと、『四泉堂』の番頭さんだね」

「蔵の管理から帳簿付けに、屋敷の雑務までやってくれています。すでに絶えて久しい二之宮の家系の末裔で、四之宮に勤めて長いので信頼できる人です。ただ、祖母にはあまり好かれていませんが……」

「そうなのかい？」

一言確認しただけで簾司が理由を聞かなかったので、馨もあえて口にしなかった。だが、彼は祖母の当たりがきつい分、目上の人間として丁寧に接している馨には好意的だと思う。あるいは事情を説明して頼めば、蔵の鍵を貸してくれるかもしれない。

祖母と母は月に一、二度は揃って出かける。顧客への挨拶や、デパートでの買い物、あるいは気晴らしの観劇など理由は様々だ。近いところでは今月は来週の火曜日に歌舞伎の観劇予定が入っている。東京まで行って舞台を見たあと、決まった店で親しい友人家族とともに食事をしてから戻るので、帰宅はかなり遅くなるはずだ。

二宮の協力さえ得られればその日がチャンスだということを話すと、簾司もそれを利用しない手はないと身を乗り出してくる。こういうときの彼はやっぱり少年のように目を輝かせていて、馨にはその存在が眩《まぶ》しくさえもある。

怯えに身を縮めていることはない。奔放なのかもしれないが、それだけではない。人は無謀と呼ぶかもしれないが、馨にはそうは思えない。単なる好奇心ではなく、簾司には知識がある。命の危険があるかもしれないのに、それに立ち向かっていこうとするのは勇気があるからだと思う。そして、自分に欠けていたのは他でもないその勇気だったと思うのだ。

「それまでに君が記憶しているかぎりの書の文面を教えてもらえると助かる。もし必要ならその時代の多くの書の写しをデータにして取り込んであるので、それらを見て筆跡の似たものを探してもらうという手もあるしね」

彼は研究のために多くの書のデータを自分のパソコンに取り込んでいて、それをあらゆるカテゴリに分類しているのだそうだ。馨が例の書を見たのは最後が十四歳のとき。七歳のときには草書体の文字もまったく読めなかったし、そのおどろおどろしさにちゃんと見ることさえできなかった。

十四歳のときには祖母によってそれを読み聞かされて、あの恐ろしい文面だけは馨の頭にこびりついてしまったが、それ以外の部分についてははっきりとした記憶がない。それらしい書を見てこれだと断定できる自信はないが、簾司はやってみる意味は充分にあるという。

「できるかぎりのことはやってみたいと思います。それから、二宮さんにも頼んでみます。現物をお見せできればそれが一番いいと思うので」

馨の言葉に簾司がぜひそうしてほしいと頷く。そして、身を乗り出したまま馨の顔をじっと見つめると、なぜかその頬を緩める。顔に何かついているのだろうかと焦って自分の頬に手をやったが、簾司がその手に自分の手を重ねたかと思うと馨の顔からそっと外してしまう。

「あ、あの、何か……？」

「いや、あらためて男性の姿の君を見てちょっと感動しているんだ」

思いがけない言葉に馨がきょとんとして目を見開く。

「えっ、か、感動ですか？」

男の姿で簾司と会うのはこれが三度目だ。女の姿で会った回数よりも少ない。なので、今でもうっかり女言葉で話してしまいそうになるけれど、その都度今の自分は男なのだと思い出さなければならないし、「僕」という一人称を意識して使わなければならない。

そんなふうに会話している馨のことを、やっぱりどこか不自然で奇妙に思ったのだろうか。それならわかるし自分でも気後れはしているのだが、なぜか彼は「感動」という言葉を使った。意味がわからない馨は曖昧な表情で、小さく首を傾げるしかなかった。

「あの、やっぱり変ですか？　僕も本当は女の格好をしているほうが長くて、こちらのほうが落ち着かないんです」

「いや、違うよ。変なんかじゃない。もちろん、女性の姿をしていても驚くほど自然で美しかったけれどね。わたしは今の君のほうがずっといいと思うよ。そして、それが君本来の姿だと知っているのは、四之宮の家族以外ではわたしだけだろう。そのことを考えると、こうして一緒にいられることが嬉しくてね」

それで感動しているというのだろうか。だったら、自分の本来の姿に気づいてくれた簾司に馨は感謝している。

「僕は、一生自分に戻れる日はこないと思っていました。簾司さんに会わなければずっと四之宮の屋敷で女として暮らしていたはずです。でも、もういやなんです。このまま一人で生きていくのは寂しすぎるから。それに……」

「それに？」

馨が一度言葉を止めたので、簾司がこちらをじっと見つめたまま先の言葉を促す。

「簾司さんに出会えたのも運命のような気がしたんです」

古美術に詳しくて、書が専門で、四之宮の呪いにも恐れて逃げ出すこともない。それは双子の兄の晋司も同じだが、簾司はそれだけではなかった。彼は男の馨でもいいと言ってくれた。いや、彼は男の馨がいいと言ってくれたのだ。

子どもの頃から古い時代の書を目にする機会も多く、歴史の勉強をしていれば当然のように衆道《しゅどう》についての知識はあったし、現代でもそういう人が少なからずいることも知っていた。ただ、自分がどうなのかということは考えずに生きてきた。必然として倒錯した姿で暮らしてきて、恋愛など想像することもできない人生だったのだ。

けれど、女の姿で彼とデートするたび、心をときめかせるようになった。心は男のまま姿は女として、彼に惹かれていくのを止めることができなかった。そして、簾司はすべてを知ってなお、馨の問題を一緒に解決しようと言ってくれた。そんな彼にははっきりと好意以上のものを抱いている。だから、本当は「運命」なんて言葉が大げさなことはわかっていても、そう言うしかなかった。そんな馨の言葉を笑うでもなく、簾司は今も微笑みながら頷いてくれる。

「四之宮の呪いはきっとどうにかなる。どうにか君を解放してあげられたらと思うよ。あの大きな屋敷で一人で生きていくなんて、君の言うとおりあまりにも寂しすぎるからね」

簾司の言葉に励まされ、馨もできるかぎりの協力をしなければならないと決意していた。そのためには、なんとかして蔵の中にあるあの「呪いの書」を簾司に見てもらいたかった。

祖母の許可がもらえないことはわかっている。また、二宮の協力が得られるかどうかもわからないけれど、いざとなれば馨は自らの力でどうにかしようと考えていた。

自分自身が解放されて自由になるためだ。そして、これは茜のためでもある。四之宮の男として生まれこの歳まで生き延びてきたのだから、これからも生き長らえるために自分のできることをするだけだった。

◆◆

その週の火曜日、祖母と母は予定どおり揃《そろ》って今年最後の歌舞伎観劇に出かけた。東京まで行って舞台を見たあと、決まった店で親しい友人家族とともに食事をするのも予定どおりだった。帰宅はおそらく午後の十時を過ぎるだろう。

そして、その日は茜《あかね》も晋司《しんじ》とのデートで夕食は外で食べるということだった。夕食の用意をしてくれた家政婦には早々に帰宅してもらい、二宮《にのみや》もその日は雑事を終えると七時前には馨に挨拶をして帰宅の途についた。

まるで計らったように屋敷には馨《かおる》一人になって、大急ぎで簾司《れんじ》に電話を入れた。簾司は自宅にいて、車なら二十分ほどで行けると言って電話を切った。時刻は八時前。簾司を勝手に屋敷に招き、まして蔵を見せたことがばれたらとんでもないことになる。茜や祖母たちが戻る前にすべてを終わらせなければならない。

馨は簾司を待っている間に屋敷の玄関横の事務所に向かう。そこは数百年も前から「四泉《しせん》堂《どう》」の商いのために使われてきた部屋で、奥見世の部分にあたる。もちろん、昔のように襖《ふすま》や障子で仕切られただけではなく、今は木製の扉であっても厳重に鍵がかけられている。中には蔵の鍵のみならず、「四泉堂」の売買に関する帳面なども保管されている場所だからだ。

鍵の場所は知っている。一つは祖母が自室の金庫に入れており、一つは二宮が持っていて出勤してきたときに自ら鍵を開けて部屋に入る。そして、予備の一つが母の部屋の和箪笥《わだんす》の中にある。以前に母の着物の整理を手伝ったとき、上の段の片隅に納められた螺鈿《らでん》飾りのすずり箱を見つけたのだ。きれいな細工に目を奪われて、中に何が入っているのか確認したとき、そこに事務所の鍵が入っているのを見つけた。

そのときはもっときれいな何かが入っているのかと期待していたので、がっかりしたのを覚えている。けれど、今となってはあのとき好奇心で箱を開けてみてよかったと思う。

事務所のセキュリティシステムをオフにして、母の部屋から持ち出してきた鍵で中に入り、すぐにデスク横のキーボックスを確認する。そこにも番号合わせの鍵がついていて、その番号は毎日変わる。新暦を旧暦に計算し直した月日を四桁《けた》入れるようになっている。計算方法も決まっていて、ある式に当てはめると自動的に旧暦の月日が出るようになっているのだ。

システムは馨の持っているタブレットにも入っている。そこに今日の日付を打ち込み、旧暦の月日を出してその数字で番号を合わせるとキーボックスが開いた。

もしかしたら、一度閉じてしまうとその日の数字は使えないかもしれないと思っていた。

なので、キーボックスが開き蔵の鍵を手にしたときは大きく安堵《あんど》の吐息が漏れた。だが、次の瞬間には馨の全身に緊張が走る。ワンピースのポケットに入れていた携帯電話が鳴ったからだ。

ビクリと体を震わせてからそれを手にして暗闇でモニターを確認すると、それは簾司からの電話だった。誰もいない屋敷にもかかわらず、誰かにその音を聞かれるのではないかと怯《おび》えたように慌てて電話に出る。

『今、屋敷の正門近くにいる』

思ったより早く着いたようで、馨は彼に車を正門のそばに停《と》めておいて裏口に回ってほしいと伝えた。この時間ならまったくといっていいほど人通りもない。暗い路地にはわずかな街灯の明かりがあるだけだ。そこの路地を入って馨がいつも大学へ通うときに使っている裏木戸のところまできてもらう。馨も急いで裏庭に向かうと、裏木戸の鍵を開けてそこにいた簾司を迎え入れた。そのとき、一瞬だけ簾司が不思議そうな表情になる。

「そうか。屋敷の中では女性だったね」

長い髪のカツラをつけたワンピース姿の馨を見て、簾司は思い出したように苦笑を漏らす。祖母や母にはすでに簾司とは別れたと言っている。だから、もう女性の姿で簾司と外で会うことはない。なので、馨にしてみればいまさらとはいえ、少しばかり戸惑いや気恥ずかしさはあった。だが、今はそれどころではない。

「早く、こちらに……」

馨が簾司を裏庭の中に招き入れたとき、木戸を閉めると同時にいきなり二の腕をつかまれた。驚いて振り返ると、簾司が馨の体を自分の胸に引き寄せて抱き締めてくる。

「えっ、あ、あの……、簾司さん……っ」

「少しだけ。少しだけだ。なんだか気持ちが高ぶってしまってね」

それは女性の姿の馨を久しぶりに見たからだろうか。それとも、例の「呪いの書」を見ることへの期待感からだろうか。そのどちらであっても、馨には複雑な気持ちだった。同性がいいと口では言いながらも、やっぱり女性の姿のほうがいいのだろうかと不安になる。蔵の所蔵物を見ることに興奮しているとしたら、馨の存在よりも貴重な書のほうに好奇心を煽《あお》られているということだ。だが、簾司は抱き締めた馨の頬にそっと手を添えると、ゆっくりと唇を重ねてこようとした。

「あっ、あの……」

「駄目かい？」

優しく問われて、馨は焦りながらも拒むことができなかった。頬のキスは心が蕩《とろ》けるほど素敵だった。どれくらい茜に自慢したかっただろう。でも、時間が経《た》つにつれ物足りなさを感じている自分に気づいていた。

好きという気持ちの先にあるそれのことを、これまでは想像したことがなかった。自分には心を許し合う人は現れないし、まして体を許すことなどあり得ない。そう思って生きてきたのに、簾司の存在によってその歯止めが外れてしまったのだ。

知りたいという思いは体の奥深くから込み上げてくる。彼が言う「気持ちの高ぶり」と、自分が今感じているこの感覚は同じなのだろうか。それを言葉で確認してもきっとわからないと思う。だから、言葉ではなくその口づけで知りたかった。

「馨……」

名前を呼び捨てにされて心が震えた。祖母以外に馨をそんなふうに呼ぶ人はいなかった。母は「さん」づけで、茜は「ちゃん」づけで呼ぶので、他人から呼び捨てにされるということでさえ馨にとっては特別なことに思える。そして、簾司との距離が縮むのを感じるたび、自分が四之宮《しのみや》の縛りから解放されていくような気がしていた。

ゆっくりと唇が重なって、初めての口づけに背筋を甘い疼《うず》きのようなものが走ったのを感じる。夜の冷たい空気の中で、唇だけが温かい。その唇が優しく馨の唇を啄《ついば》んでくるのがくすぐったくてもどかしい思いでいたら、一瞬濡《ぬ》れた感触がそこに当たる。ビクリと体を緊張させたが、すぐにそれが彼の舌だとわかった。

舌先が馨のピッタリと閉じていた唇を突き、そこをやんわりとこじ開けようとする。抵抗する気持ちも力もない。それどころかこの心地よさの先を知りたいと思い、馨は無意識のうちに唇を開く。そこにすかさず潜り込んでくる彼の舌の感触もまた、馨の心と体を夢中にさせるものだった。

(何、これ……。なんだか、とても不思議……。でも、とても気持ちがいい……)

うっとりとしていると全身から力が抜けていきそうになる。膝からガクリと崩れ落ちそうになると、すかさず簾司の手が馨の腰を抱き寄せてその体を支えてくれる。もっとほしい。もっと感じていたい。

初めて大学で声をかけられたとき、どうして自分だろうと思った。けれど、彼は馨だから声をかけたのだと言ってくれた。茜に大学で道を聞かれたことを話したとき、その人が王子様のようにステキな人だったらよかったのにと言われた。夢見る少女のような茜の言葉に苦笑を漏らした馨だが、本当は道案内をしながらステキな大人の人だと思っていた。そして、その人が今は特別な人になってとても嬉《うれ》しいはずなのに、まだ上手に喜べない自分がいる。

簾司の愛情を告げる言葉を心のどこかで信じきれないでいるのは、けっして彼のせいではない。それは馨が自分に自信が持てないでいるから。それでも信じてみたいと思わせてくれる彼と、いつまでも不安を拭《ぬぐ》えない自分。揺れ動く気持ちの狭間《はざま》にいながら、今は快感に翻弄されている。

「ああ……っ、んぁ……っ」

喘《あえ》ぐように漏らす馨の声に、ようやく唇を離した簾司が笑顔でたずねる。

「口づけも初めてなのかな?」

馨は真っ赤になって頷《うなず》くだけだ。すると、なぜか簾司が困ったように自分の顔を片手で覆う。もしかして、何か彼を困らせるような態度を取ってしまったのだろうか。だが、彼はそうではないとすぐに馨の額に唇を寄せて言う。

「君にはわからないかもしれないが、世の中には愛しいと思った相手がまっさらだったことを喜ぶ愚かな男がいるってことだ」

そういうものだろうかと首を傾《かし》げると、小さく声を漏らし笑った簾司がしっかりと馨の体を抱き締める。

「まいったな。こんなにも心がくすぐられているなんて、自分でも不思議な気分だ。でも、これは誓って言える。わたしは君に会えてよかったと思っている。君のことがとても愛しくて、大切にしたいと思っている」

「簾司さん……」

抱き寄せられた体をあずけたまま彼の名前を呼んだものの、今夜はこれ以上互いの気持ちを確かめ合っている時間はなかった。

「さぁ、蔵に案内してもらえるかい？」

出会ったときから飄々《ひょうひょう》とした彼の表情がにわかに引き締まる。緊張しているのは馨も一緒だ。蔵の鍵は手に入れてきたが、祖母の許可なく二宮の付き添いもなくそこに入るのは初めてのことだった。

「どうぞ、こちらへ」

わずかな庭の灯籠《とうろう》の明かりで蔵まで簾司を案内すると、馨は深呼吸を一つしてからそこの鍵を開ける。このとき緊張のあまり自分の手が震えているのがわかったけれど、励ますように簾司が肩を抱いてくれたのでどうにか落ち着いて開錠する。

例の「呪いの書」は庭に三つあるうちの、向かって右端にあるこの蔵に収められている。馨が七歳と十四歳のときに見たのもこの蔵だったし、あれ以来他の蔵に移動させたという話は聞いていない。

「うわっ、これはすごいな……」

蔵の中に入るなり簾司は感嘆の声を上げる。それも無理はない話で、蔵には古美術収集家にとっては垂涎《すいぜん》の作品が数多く収納されている。ただし、高額なものや金額がつけられないような美術館所蔵の品ばかりなので、ほとんどのものは桐の箱に入っているかもしくはそれ相当の梱包がされている。

「正直、身震いするね。ここにあるすべてのものが箱の中からものすごい唸《うな》り声を上げているようだ。耳の奥にウァンウァンと響いてきて、全身に鳥肌が立っているよ」

興奮しながら話す簾司の言葉には馨も納得していた。子どもの頃から、どの蔵であろうと入るとすぐさま脳裏に響いてくる音がある。まるで人の呻《うめ》き声のようであり、雄叫《おたけ》びのようであり、何かを訴えてくる凄《すさ》まじい叫びであることは間違いない。

すべての美術品が作者の念をたっぷりと吸い込んでいるためであり、長年多くの人の手を渡りながらここへとたどり着いたものばかりだ。それを馨がはっきりと感じてしまうのは、四之宮の血筋だからに他ならない。だが、馨と同じものを簾司もたった今感じている。やっぱり、この人の感覚は常人からかけ離れているらしい。

「七年前から動かしていなければ、その棚の奥にあるはずです」

蔵の一番奥までやってきて馨が言うと、簾司はいっさいの躊躇《ちゅうちょ》もなくその棚のほうへ進んでいく。本当は見たいものが周囲に数多《あまた》とあるのだろうが、今は例の書を確認することが先決だと思っているのだろう。馨も簾司のあとについてその棚に向かったものの、急に寒気に襲われて身を竦《すく》める。蔵の中の空気は外と同じくらい冷たいのに、馨の額にはじんわりといやな汗が滲《にじ》む。

「大丈夫かい？　もしかして、蔵の中に入るだけでもなんらかの影響を受けるのかもしれないな」

書を見ることに気持ちが逸《はや》っているはずの簾司だが、背後にいる馨の変化に気づきすぐに足を止めてたずねる。言われてみればそうかもしれない。馨が直接この蔵に入ることを許可されるのは、決められたときだけなのだ。他の蔵には必要があれば二宮とともに入り、整理や資料作りのための現品の確認などを行ってきたが、問題の書のあるこの蔵に入るのは久しぶりだった。

「ごめんなさい。なんだか緊張してしまって……」

「無理もないな。人は得体の知れないものに対峙《たいじ》するときが一番怖いものだ」

確かに、あの「呪いの書」は得体が知れない。もし、本当に一つの家系を根絶やしにするだけの力のこもったものだとしたら、それはあまりにも禍々《まがまが》しい一巻だ。簾司の言うように、自分をとり殺すかもしれない「呪いの書」を見るのは正直恐ろしい。それでも馨は強く唇を嚙《か》み締め、自分の意思が変わらないことを告げた。

「もう平気です。以前にも祖母と一緒に見ているので……」

「何があっても、わたしが君を守るよ。どんなに念がこもっていようと、しょせん書は書にすぎない。生きている人間が何よりも強いということを忘れないように。自分の気持ちをしっかりと持つことが一番大切なんだ。わかるね？」

簾司の嚙み砕くように語られる言葉に、馨は何度も頷いてみせる。そして、彼に手を引かれて問題の棚の前に立つ。蔵の中の明かりは所蔵物に影響を与えないよう、最小限の光量に絞られている。ペンライトを持ってきていた簾司が、それで棚にある木箱を照らした。組み紐《ひも》でしっかり縛られていて札が何枚か貼られている。間違いなく例の書が入っている木箱だった。

簾司が一度馨のほうを見て、視線で「いいね？」と確認をする。馨は緊張から口腔に溜《た》まった唾液《だえき》を嚥下《えんげ》して頷く。薄暗い蔵の中で簾司が手を伸ばして棚から木箱を取った。それをそばの葛籠《つづら》の上に置いた。組み紐は総角《あげまき》結び。古墳時代からある古い結び方で、平安時代の冠飾りにもよく使われていた結び目だ。

簾司がそれを解《ほど》いてから貼られている札の状態を確認する。札は四之宮の家が代々氏子となっている神社のもので、一目で魔除けのものとわかる文字が記載されているものが三枚。組み紐の下の箱の蓋部分に一枚、また左右の上箱と下箱の重なる部分を繋《つな》ぎ止めるように一枚ずつ貼られている。

蓋の部分のものはそのままにしておけばいい。問題は左右のものだ。剝《は》がしたことがばれるのはまずい。だが、確認するまでもなく札は過去に何度か剝がされていて、すでに糊《のり》が乾いた状態なので下箱に接着している部分は容易に外れる。かなり劣化が進んでいる札を破らないように注意して箱を開け、何重にも重ねられた白い絹の布を開いていくとようやく一巻の書が出てくる。

「これかい？　間違いないね？」

「おそらく。七年前に見たものと同じです」

聲が震える声で言うと、簾司が頷いてからその書の結び目を解く。古いものは表装部分の傷みや剝離に注意しなければならない。本来なら広い場所で丁寧に広げていくべきなのだが、狭い蔵の中ではそれはできない。なので、葛籠の上でそれを慎重に開いていき、簾司がその内容を確認していく。

書の研究者である彼は、内容を読めばおおよそ誰の書か推測することができると言っていた。巻頭は短い願文があり、すぐに写経で始まっている。その書式や字体、墨の特徴などから平安中期のものであることはすでに確認されている。

「かなり高貴な身分の者の書だな。表装はのちに施されたとしても、それは間違いないだろう。問題の箇所はこの写経のあとか」

葛籠の上で巻物を広げるとともに、すでに目を通した写経の部分は傷つけないように丁寧に巻いていく。そして、書の最後の部分まで広げ、その文面が出てきたとき二人は同時に緊張の息《の》を呑む。

巻末の部分に和紙が被《かぶ》せられていたので、簾司がそれをポケットから出したハンカチでそっとつまんで剝がすと、そこには馨も見覚えのあるあの文があった。

『この世に天より災いをもたらし、恨みを晴らすためにその血を根絶やしとなさんことを魔となりて願わん』

馨の体がガタガタと震え出し、無意識のうちに簾司の腕にしがみついていた。簾司は馨の様子を気遣いながらも、真剣な表情でその書を睨《にら》むように見ていた。

「これは、ちょっとおかしいな」

「ど、どういうことですか？」

恐る恐る薄目で横から書をのぞき込んでいた馨だが、簾司の言葉にちゃんと目を開いてそ

れを見てみる。

「これは七年前に君が見たものと同じかい？」

「えっ、それはどういう意味ですか？」

馨が驚きとともに聞き返す。

「よく調べてみないとこの暗闇で見ただけでは断言はできないが、この書は本物ではないかもしれない」

「ま、まさか……っ」

四之宮の蔵の中に偽物が所蔵されているなんてあり得ない。まして、この書に関してはずっと人目に触れることなくこの蔵に収納されてきたものだ。偽物であるはずがない。馨がそのことを説明するが、簾司の表情は厳しい。そこで馨も怯えながらもあらためてその書を見てみる。

「最初に見た巻頭の願文と、この巻末の問題の願文は筆跡が同じに見える。だが、真ん中の写経の部分は別の人の字だと思う。おそらく、これは二人の人物によって書かれて一巻に仕上げられたものだ」

だが、それ自体は平安の時代に珍しいことではないという。書が得意でない者が能書家などに依頼することはよくある。それよりも、墨色が平安期のものと少し違っているような気がするというのだ。

「新しいとは言わないが、それでも原料の煤の色合いが……」

だが、この暗さでは簾司もはっきりしたことは言えないし、綿密には墨の組成を調べなければいつの時代のものか断定はできない。

だが、そのとき馨もあることに気がついて小さく声を上げる。簾司がどうしたのかとたずねるので、震える指である部分を指した。それは、問題の願文の「その血」の部分である。七歳で見たときのことはよく記憶していないが、十四歳で見たときはちゃんとその部分を自分の目で確認していた。

四之宮の家に呪いがかけられたとき、「その血」の部分は和紙が被せられて「四之宮」と書き込みがされていたと聞いた。そして、その呪いを封じるため呪い返しの儀式を行った際、「四之宮」と書かれた和紙を剝がし、そこに新たに「三之宮」の文字の紙が貼られていたはず。

「では、君が七年前に見たときは、この部分に和紙が被せられ『三之宮』の文字があったということだね？」

「確か、記憶しているかぎりではそうでした」

「だったら、これはやっぱり……」

「に、偽物なんでしょうか？」

にわかに信じられない思いで馨が呟《つぶや》くと、簾司は難しい顔で考え込んでいて明確な答えは口にしない。

「ただ、偽物だとしても、ものすごくよくできていることは間違いないな」

彼の表情を見ているかぎりその可能性は高いのではないか。もしそうだとしたら、いつ誰が真作の書をこの蔵から持ち去ったのか。そして、それは今どこにあるのだろう。祖母や母はこの事実に気づいていなかったのだろうか。

さらに、簾司と馨が最も気になっているのは、もしこれが偽物であったなら呪いの効力はどうなっているのかということ。この家から問題の書を持ち出されることにより呪いの効力が失《う》せるとしたら、馨が女装をしていることに意味もなくなる。茜も何に怯えるでもなく晋司と結婚して、子どもをもうけることができるだろう。しかし、それが確実に証明されないかぎり、四之宮の家系は呪縛から解放されることはない。

「これは思ったよりも厄介そうだな」

簾司の呟きに馨は新たな問題の扉が開いてしまったのだと感じ、思わず暗澹《あんたん》たる溜息が漏れた。やっぱりこんな不穏なことに簾司を巻き込むべきではなかった。脈々と続いてきた四之宮の呪いは、そう簡単に解けるものではないのだ。そう思いながら、半ば申し訳なさに簾司を見ると、彼はなぜか微《かす》かにその顔に笑みを浮かべていた。

「謎は簡単すぎてはつまらない。大丈夫だ。約束しただろう。君のことはきっと守ってみせる。わたしはきっと君をこの呪縛から救い出してみせるから」

新たな謎を前にしても簾司は少年のように瞳を輝かせている。こんなおどろおどろしい「呪

い の書」を前にしても怯えることもなければ、厄介な事態に挫《くじ》けることもない。
馨の手を離して一人で逃げ出してもおかしくはないのに、彼は以前よりも力強い言葉で守ると言ってくれる。蔵の薄闇の中、馨は簾司の胸に自ら飛び込み、ただ夢中で彼の体にしがみついた。それはまるで怖い夢を見た子どもが親に縋《すが》る姿にも似ていた。そして、馨はまだ悪夢の中にいて、簾司は震える体を祖母よりも母よりも、そして茜よりもしっかりと抱き締めてくれるのだった。

慌ただしい年末年始は簾司とゆっくり連絡を取ることもできなかった。茜も晋司と初詣に出かけたきり、互いの都合がつかずに会えないと寂しがっていた。

いつもどおりの四之宮のしきたりにのっとった正月の行事が終わり、最初の週末は「四泉堂」の年始めの展示即売会が行われる。得意客を屋敷に招いて定期的に開いている展示即売会の中でも、「初市」ということで特に貴重で高価な美術品を出すことになっている。

「馨さん、茜さん、準備はよろしいわね？」

紅梅の柄の訪問着姿の母に問われて揃って頷いた馨と茜は、いつもどおり着物姿で接客に当たるために朝から準備を整えていた。それぞれ季節に合わせて、茜はまんじゅう菊の文様の朱色の小振袖で、馨は白地に小菊の文様の小振袖姿。ともに髪は前髪を下ろして、横髪を巻いて遊ばせている。茜は後ろ髪を高い位置でふんわりと結い上げていて、馨は後ろ髪を真《ま》っ直《す》ぐに下ろしてサイドからすくった髪を後ろでまとめていた。化粧は着物に合わせてやや白っぽい肌に仕上げ、赤い紅を引くのはいつもどおりだ。

展示会のため開け放たれた屋敷の奥座敷には、前日のうちに二宮と馨が蔵から出してきておいた所蔵品が並べられている。招待状をもらった客が次々と車で乗りつけてきて、まずは屋敷の茶室に通ってもらい、茜か馨が点《た》てたお茶でもてなすことになっている。もちろん、お菓子は「菊翠庵《きくすいあん》」からのものだ。

「新年早々眼福ですな。まずは美しい姉妹の姿とお茶を楽しんで、なおかつ素晴しい美術品を存分に拝める」

もう十年も前から「四泉堂」の得意客である一人が、すっかり成長した双子の姉妹の姿を見るのを楽しみにしてやってくる。他にもそういう客は少なくない。茜はともかく、近くの料亭での会食でも馨が同席することは滅多《めった》にない。なので、二人揃ったところを見ようと思えば、屋敷の展示会に足を運ぶしかないのだ。

「美術品も人間も美しいことこそが存在価値ですよ。わたしはそう思います」

剃髪《ていはつ》の法衣姿で合掌しながら言ったのは、妙弦寺《みょうげんじ》の住職だった。簾司が言っていたように十年ほど前に先の住職が亡くなり、本山からやってきたのが現在の田端妙見《たばたみょうけん》である。彼もまた「四泉堂」の得意客だが、展示会に参加するようになったのは五、六年前からのこと。今も笑みを浮かべているものの、相変わらずの眼光の鋭さに、馨は少しばかり怖さを感じている。

そんな妙見は古い経典などが出ていると、きまって金に糸目をつけずに購入していく。経典はどんなものであっても大事に保管していきたいという言葉は僧侶としてもっともだと思うのだが、同時に寺にとっての資産となると考えていることが透けて見えていて、やっぱり簾司の言うようにどこか俗物的なところが感じられる。

そして、馨が苦手に思うのは彼が必要以上に近くにきて声をかけてくるのはともかく、さりげなく体に触れてくることだった。まだ馨が十代の頃からそういう傾向はあったと思うが、年配の僧侶だから周囲の者は彼が馨の手を握っていても何を思うでもないのだろう。だが、女装をしている馨にしてみれば、たとえ着物の上からであっても体に触れられるのはあまり心地いいものではない。男だということがばれるのではないかと案じる気持ちもあるが、それ以上に妙見の触れ方に淫靡《いんび》なものを感じてしまうのだ。気のせいだと思うが、そう思った次の瞬間には手を撫《な》でられたり髪をすくわれたりして、その都度馨は不快感で体を強張《こわば》らせていた。

同じ双子でも明るく愛らしい茜の接客を好む者が多い中で、妙見のような人間は珍しい。

同じ双子でも客に構われていない馨を哀れんでいるのかもしれないが、それも大きなお世話だった。

「今日は書画と墨蹟の軸が多いと聞いてきたが、年始めだけあってなかなかのものが揃っているようだ。どれ、案内を願いましょうか」

そう言うと、妙見は馨に展示品の説明を頼む。あまり一人の客にかかりきりになるのはよくないのだが、彼に一度捕まるとなかなか解放してもらえないのも苦痛だった。だが、得意客をないがしろにするわけにもいかない。

「こちらの部屋には聖徳寺《しょうとくじ》の歴代管長の書を集めています。初代はもちろん、中興の祖と言われる筐國《しょうこく》上人の書もさる筋からわたくしどものところへまいりました。合わせてお持ちになっている方は少ないので、とても貴重な一対になると思います」

「なるほど。これは中国の詩かな？」

「袁李子《えんりし》の漢詩です。『白桃記』の中の句で、桃の木の下で転寝《うたたね》をして夢を見ていたという部分になります。穏やかでゆったりとした時間の流れを感じさせる墨蹟で、茶室にかぎらず場所を選ばず好まれる作品です」

馨は以前に祖母から教わったことを丁寧に説明する。書画については、絵画・墨蹟ともに子どもの頃から多くの作品を見てきた。書物を読んで独学したことも多いが、それ以上の知識は祖母や母から口伝で教えられる。馨の場合は真作を直接目にして学ぶので、自然と真贋を見極める目と鑑賞する力は鍛えられた。

ただし、古美術全般に亘《わた》っての知識を学ばなければならないため、簾司のように書について特に詳しいといった得意分野は持ちにくい。あえて言うなら蒔絵《まきえ》のものは好きで、新しいものが入るとスケッチブックにその文様を写し取り、技法など詳細をメモしておくのが習慣になっている。ずっと先にはそれらをまとめて、蒔絵に関する資料本を作成できればと思っていた。

馨が妙見に掛け軸の説明をしていると、そこへ茜がやってきた。彼女は妙見に笑顔で挨拶すると、馨の着物の袖を軽く引っ張って耳元で囁《ささや》く。

「馨ちゃん、お願い。ちょっと助けて」

どうやら接客していて、展示品の説明に困ってしまったらしい。「四泉堂」を継ぐことを定められている馨と違い茜は嫁いで跡取りを産むことが何よりも大事なので、祖母も母も古美術の勉強についてはそう厳しく言わない。なので、客からあまり難しいことをたずねられるときちんと説明できずに、馨に助けを求めてくるのが常なのだ。

「田端様、少し失礼いたします。よろしければあちらの部屋にもご興味のありそうな書画がございますので、どうぞごゆっくりご覧ください」

馨はそう挨拶をすると、妙見のそばを辞した。そして、茜が質問されて困っていた展示物のところへ移動する。内心ホッとしていたのは言うまでもなく、茜の耳元で「ありがとう」

と囁いた。そして、説明を求めている客のところへいくとたおやかな笑顔で挨拶をする。

「大守《おおもり》様、ようこそお越しくださいました」

「ああ、馨さん。久しぶりだね。相変わらず美しい姉妹だ。この屋敷は本当に美しいもので満ちている」

大守という老人も「四泉堂」にとっては古くからの得意客で、財界の大物である。五年ほど前に経営する企業の会長職からも退いて表向き隠退したものの、未《いま》だにその発言力は日本の経済を動かす力を持つ人物だ。

老齢の彼からすれば茜は孫のようなもので、少しくらい質問に対しての説明が拙《つたな》くても腹を立てたりすることはない。そして、馨が茜と揃ってその場にある美術品の説明をすれば、満足そうに満面の笑みを浮かべるのがわかる。彼が収集しているのは茶器が中心なのだが、茶室に飾るための軸も常にいいものがあれば買い取りたいと言っている。

今回も掛け軸が中心の展示会なので、自分の茶室に何かいいものがないか物色にやってきたようだ。隠退してからは時間ができたようで、現役の頃と違いすべての展示会に足を運んでくれている。

馨の説明に耳を傾けていた大守は掛け軸のいくつかに強い興味を示して、その場で三つの作品を買い取ると決めてくれた。茜がさっそくそれらに売却済の赤い札をつけていく。

ほしいと思ったものは即決で、躊躇しないのが大守の古美術に対する姿勢だ。そして、それは経済的な問題がなければ極めて正しいといえる。ほしいと思ったものがいつまでも市場にあるわけではない。古美術品は一瞬の迷いで人の手に渡り、一生悔やんで過ごすことになる場合もある。大守もそういう経験を何度もしてきたからこそ、今はこういう買い物の仕方をするようになったのだ。要するに、売り手も買い手にもベテランという存在があるということだ。

「ところで、茜さんに何やらお目出度い話があると聞いているんだが本当なのかな？」

「まぁ、大守様、お耳が早いわ。でも、まだおつき合いを始めたところです」

茜は恥じらいながら、嬉しそうに頰を染めて答える。大守もまた笑顔で馨に向かってたずねる。

「じゃ、馨さんも間もなくかな？」

馨も両親には秘密にしたまま簾司とのつき合いを続けているが、茜と違って本当のことは言えない。なので、いつもどおり病弱を理由に曖昧に話題を逸《そ》らすしかなかった。大守も馨が茜と違って虚弱であることは知っていて、さりげなく同情とも慰めともつかない言葉を口にする。

「二人揃って嫁がれては、お祖母《ばあ》さまも奥さまも寂しくなるだろうからね。まだ若いのだから、ゆっくりよいお相手を探せばいいんじゃないか」

長年のつき合いになる得意客にしてみれば、幼少の頃から知っている双子の成長を微笑《ほほえ》ましく見守ってくれているのは間違いないと思う。だが、茜はともかく、馨の結婚はいくつになっても叶わないこと。

（そう、これまでは少なくともそうだった……）

けれど、今は少しばかり事情が違っている。けっして解くことのできない四之宮にかけられた呪い。だが、一生それに縛られたまま、男でも女でもない存在としてこの屋敷の奥で人目を忍び生きていくのはもういやだった。誰かを思い、好きになり、触れ合う喜びも知らず、ただ「四泉堂」の守り人として生きるしかない人生なら、馨は万に一つであってもそれから解放される道を選びたいと決意していた。

「結婚が決まれば、何かお祝いをしなければならないな。さて、若い娘さんが喜ぶようなものはなんだろうね。まさか『四泉堂』のお嬢さんに古美術は譲れないしね」

それでは買ったものを返すという話になってしまうと二人が笑っている。馨もその横で微笑みながら、近くのお客様にもさりげなく心配りをしながら会釈をしていた。そのとき、襖を開け放した隣の部屋から妙見がこちらを見つめているのに気づき、小さく背筋を震わせる。彼の視線はどんなときも馨を追っているようでなんとも心地が悪い。

また彼から声をかけられて長い時間拘束されたくはない。馨が何かこの場から離れる理由を見つけようと周囲を見回していると、そのとき二宮がやってきて妙見に声をかけている。彼もいつもの作務衣《さむえ》姿ではなく、お客様の前に出てもいいように紬《つむぎ》の単《ひとえ》で、「四泉堂」の屋号の入った前掛けをしている。

彼の顔の火傷《やけど》の痕は得意客の誰もが知っていることで、いまさら気にとめる者もいない。ただ、展示会の華やかな場所だけに祖母がいい顔をしないので、二宮はできるだけ身を小さくするようにして接客のために動き回っている。

茜と馨では手が足りない部分を二宮は手際よく補ってくれて、今も馨を捕まえることができず苛立《いらだ》ちを見せている妙見に声をかけお茶でも勧めてくれているのだろう。二宮は古美術の知識もあるうえ、ああみえて客あしらいが巧みなところがあるので、妙見も笑顔を浮かべているのがわかった。

この日の展示即売会も招待状を送ったほぼすべての客がやってきて、何らかの品の購入を即決していった。一番の目玉であった鎌倉時代の漆《うるし》箱入り百人一首も、思っていた以上の金額で引き取られることになった。カルタは常に人気の品だが、今回のものは年代が古いわりに保存状態がよく、画の色彩も鮮やかで書も達筆だ。画がよくても書がいまいちとか、その反対の場合も多々ある。今回のようにバランスのいいものは滅多にでてこないので貴重な一品である。また、時代が新しくなると裏面が銀箔仕上げのものが増えるのだが、今回のものは金箔仕上げなのも価値を高めていた。

年初めの展示会での成功に祖母は大いに満足しているようで、お客様を見送ったあとに部屋に呼ばれていくとご祝儀という名のお年玉をもらう。これはいくつになっても一番の年長者から振舞われるもので、母もまた祖母から包みをもらっている。よその家から見れば奇妙かもしれないが、これもまた四之宮のしきたりの一つだった。いずれは母がその立場を継ぎ、やがては馨が茜の子どもや孫たちにそうするようになるのだろう。

「馨も茜もご苦労だったね。馨はともかく、茜は嫁ぐからといってももう少し勉強をしておきなさい。お客様の質問に答えられないようでは、『四泉堂』の人間として恥ずかしいからね」

祖母に叱られて、茜はしおらしく返事をしているが心がどこかそぞろなのがわかる。きっとあとでかかってくる晋司からの電話のことを考えているからだろう。それに気づいているのは母も同じだったようで、祖母の部屋を辞するときに茜のことを言葉でやんわり窘《たしな》めていた。

このままいけば結婚は間違いないと思う。お見合いとはいえ、好きな人に嫁ぐことができるのだ。嫁入り前の娘に浮かれるなと言うのも酷な話だ。だが、母の茜への小言を他人事《ひとごと》のように聞きながらも、馨もまた自分の落ち着かない気持ちをなだめている。

年末に簾司と一緒に蔵に忍び込み見た例の「呪いの書」について、明日にでも会ってあらためて相談することになっている。茜と違って楽しいばかりのデートではない。出かけていくにしても嘘の理由を作らなければならない。祖母や母を欺くことに後ろめたさがないわけではない。それでも、逸る気持ちは馨も同じだった。

◆◆

年が明けてからも茜と晋司の交際は順調だ。春の吉日に結納と決めて、そろそろ両家では準備を始めている。結婚式や新婚旅行、そして新居について、二人で相談することは数多とあるのだろう。茜はまるでこの世の春を謳歌するように、眩《まばゆ》いばかりの愛らしさで出かけていく。

その傍らで、簾司と馨の交際はいささか複雑な様相であった。祖母や母をだましていることに心苦しさはあるけれど、それ以上に馨は簾司とともに自分の運命を切り開く強い意志を抱いているのだ。

「そもそも、奈良から平安への移行期の権力闘争は凄まじいものがあった。戦国時代のように力ある者が覇者になるという単純なものとは違う。それだけに恨みの念もあまりにも強くて深い。まさに怨霊時代の幕開けであり、都そのものも神社仏閣もすべてはそれらから身を守るためのシェルターのようなものだった」

すでに大学が始まっていて、その日はいつものカフェテリアで待ち合わせていて例の書についての相談をしていた。

日本の歴史については幼少の頃から折に触れ祖母に教えられてきた。母からも寝物語の読み聞かせはいつも歴史にまつわる御伽噺《おとぎばなし》だった。自宅学習でひととおりの教科は学んできたが、将来「四泉堂」を継ぐために必要になるのは歴史であり古典であることから、それらの知識はこの年齢にしてみれば人一倍あるつもりだ。おかげで簾司の説明に関してもあまり質問を挟むことなく、理解することができる。

「早良《さわら》親王、菅原道真《すがわらのみちざね》、崇徳《すとく》天皇ら強烈な怨霊伝説が生まれたが、それ以外にも怨霊と化した歴史的人物は大勢いる。そこで、例の書なんだが……」

簾司の提案としては、まずはあの書が誰のものか特定しようということだった。馨もそれには一理あると思えた。

「この時代、写経したものを寺に納めるのは功徳の一つであり、大願成就のためまたは平穏な暮らしを祈願するために頻繁に行われていたのは知っているよね？」

「中には膨大な経を、一人で何十年もかけて独力で写経した者もいると習いました」

「藤原定信《ふじわらのさだのぶ》がそうだな。一切経全五千四十八巻を二十三年かけて書写している。だが、貴族や身分の高い者の中ではそれらを能書家や僧侶に依頼することも常だった。あの書に関しても、あれが真作だとしても写経の部分はその可能性が否定できないだろうね」

「子どもの頃に見たときはあまり意識をしていませんでしたが、確かにそうですね。巻頭とあの恐ろしい内容の巻末の願文の字、さらには写経の部分の字を見比べても少し違和感がありましたから」

「崇徳天皇は自らの血文字で写経したということだ。嘘か真《まこと》かわからないが、そういう伝説が残ることが何よりも恐ろしいと考えるべきだ。その怨念たるや、現代も脈々と続いているのだからね」

崇徳天皇は日本最大の怨霊とも言われている。不遇の天皇として知られ、保元の乱によりその立場を追われて讃岐《さぬき》へと流罪になる。その地で供養と後悔の証《あかし》として五つの経を写して朝廷に差し出した。ところが、後白河院に受け取りを拒否されたため、憤怒のあまり舌を嚙み切り、「この国の大魔縁となり、皇を取って民とし民を皇となさん」と書いて、身なりさえも構わぬ恐ろしい姿で果てた。

件《くだん》の写経は血文字で書かれたのか墨で書かれたかは諸説あるが、まさにこの国を転覆させるだけの怨念を抱いて亡くなったことは間違いない。そのため、維新後に明治天皇が即位する際も讃岐に勅使を遣わし、崇徳天皇の御霊を京都に戻しており、現在は白峯《しらみね》神宮に祀られている。また、昭和天皇も昭和三十九年に四国へ勅使を遣わして式念祭を執り行っている。

それほどに崇徳天皇の怨霊は現代でも恐れられる存在なのだ。

「四之宮の蔵にあったものは、さすがにそこまでのものとは思えないがね」

馨もそれには怯えとともに同感しながら頷くしかなかった。一つの家系を根絶やしにするだけの力を秘めているとはいえ、国家転覆を願うほどのものではない。

「でも､偽物の可能性があるんですよね? だとしたら､真作はどこにいったんでしょうか?」

「あくまでも可能性だ。もう一度よく確かめないとわからない」

いくら書の専門家でもあの暗がりにおいて、大急ぎで目を通しただけで真贋の判断はあまりにも困難だ。だからこそ、もう一度あの書を見たいと思っているのだ。

「詳しく検分できれば、真贋の判断と同時に筆者の手がかりもつかめるかもしれないんだが……」

もちろん、馨もそれができればいいと思うのだが、あの日の夜に二人で蔵に忍び込めたのも偶然の奇跡のようなもので、これ以上はそんな機会が得られるとも思えない。

「ごめんなさい。本当はあの書を持ち出せたらいいんですが……」

馨がせっかく協力してくれている簾司に対して申し訳ない気持ちで言うと、彼は笑顔で無理はしなくていいと言ってくれる。

「あの夜、蔵に入れてもらっただけでも大変なことだとわかっているよ。あのあと、お祖母さまやお母さまに見つかって叱られていないかと心配していたんだ」

「それは大丈夫でした。簾司さんを見送って十分ほどで茜が帰ってきて肝を冷やしたんですが、お祖母さまと母さまはいつもより少し遅くて十一時を過ぎてからの帰宅だったので、鍵を戻しておく時間もありました」

馨はあのときのことを思い出し、笑顔でそう説明する。多分、あの夜の出来事は馨の人生で一番緊張した大事件だった。七歳と十四歳のとき、祖母と一緒に「呪いの書」を見たときもひどく緊張した。あれはひとえに怯えによる緊張だった。だが、今回は簾司と一緒で別の意味でもドキドキしていた。怖いのに簾司がそばにいてくれることで勇気が出たし、あの恐ろしい「呪いの書」としっかり対峙しなければならないと思えたのだ。

「とにかく、記憶に頼っての地道な作業しかないね。大丈夫だ。きっと手がかりはどこかにあるはずだ」

「僕もできるかぎりのことはしますので、よろしくお願いします」

その言葉どおり、それからというもの馨は時間を見つけては簾司とともに例の書の筆者を特定する作業を手伝うようになった。大学の講義のあとも真っ直ぐに帰宅することなく、倉本教授の教室に通うようになっていた。そこにあるデスクトップを使わせてもらえるよう簾司が交渉してくれて、すでに特別講義を終えている彼も大学にやってきて二人して作業に励んでいる。

そこには簾司が持ち込んだ膨大な書のデータがあり、それらの中から少しでもその書体や筆跡、内容で共通する部分があるものを記憶と照らし合わせて探し出していく。

「なんだかおもしろそうなことをやっているねぇ。時間が許せばわたしも参加したいものだ」

部屋を貸してくれている倉本は二人の事情を知らないので、単に簾司の研究を馨が手伝っていると思っているらしい。気楽にそんなふうに言うが、馨にしてみれば命がかかっているし、茜の結婚と出産にも大いにかかわることなので、一概に楽しいとは言いがたい作業ではあった。

「巻頭の願文をもう少しちゃんと見ておくべきだったな。あそこに何かヒントがあったかもしれなかった」

「ぼんやりとは記憶しているんですが、あまり印象に残る内容ではなかったので……」

あのときは時間がなくて焦っていたし、何よりも巻末の部分があまりに強烈すぎて「呪い」の部分を見るのに気をとられていた。だが、その「呪い」の部分もまた具体的な名称などがなく、極めて曖昧でいてこの世のすべてを呪っているとも思われる文なのだ。そこに「四之宮」の名前を書き込み、呪詛を行ったことで根絶やしの呪いが発動したわけで、そういう意味では非常に扱いの難しい書であったと言えるだろう。

「巻末の署名の部分が残っていれば話は早かったんだがね」

その部分はおそらく「四泉堂」が入手した時点で切り離されていたのだろう。あの呪いの文言のあとは後年に張り替えられた紙で空白になっていた。

遅々として進まない書に関する分析だが、それでも簾司と一緒に過ごす時間はそれなりに充実しているし、心も満たされる。茜が晋司と重ねているデートとはほど遠いかもしれないが、緊張感の中で過ごしている簾司との時間に、馨にとって生まれて初めて経験する充足感を味わっていた。

自分のために生きていると思える。自分は「四之宮馨」という一人の人間であって、そういう自分のままで生きていきたいという強い思いが今はある。それはまるで二十年間というもの、ずっと怯えながら封じ込められていた檻《おり》から飛び出したような気分だった。

倉本の教室を使えない日は簾司が迎えにきてくれて、彼のマンションで作業の続きをすることもあった。最初に彼の部屋に行ったとき、生まれて初めて他人の住居に招かれ入ったことの戸惑いと、好きな人の暮らしぶりを見ることができる嬉しさに気もそぞろになってしまった。

そして、このときも馨が感じていたのは茜に対するささやかな優越感だった。晋司は桐島《きりしま》家の実家で暮らしているので、デートはもっぱら外でしている。茜はきっとまだ晋司のプライベートな部屋を訪ねたことはないはずだ。

茜と違い誰にも祝福されてはいないけれど、自分だって少しずつ大人になっているし、これまでとは違う世界をこの目で見ているのだという気持ちがあった。

もちろん、そんなふうに興奮しているのは馨だけで、簾司のほうは極めて冷静に倉本教授の教室でやってきた作業を続けていた。そんな彼を見ていると、一人で浮かれている自分を戒めざるを得なくなる。これは遊びじゃない。すべて自分のためであり、四之宮の家にかけられた呪いを解くためなのだ。

「ああ、もう六時を過ぎているな。送っていくよ。帰宅が遅くなってご家族に心配をかけるといけない」

心配をかけるというより、二人が今もつき合いを絶っていないことがばれては馨が叱られると案じてくれているのだ。だが、今日は幸いその心配がない。だから、もう少しこのまま作業を続けることができる。

「お祖母さまと母さまは揃って二泊三日で京都に出かけているんです」

観劇など娯楽だけでなく、二人は関西の業者との取引のために月に一、二度は出かけていく。京都の知り合いの業者に関西から西の方面での買いつけをまかせているが、それらの中でも「四泉堂」で扱えるものを厳選するのは祖母自らの目なのだ。そして、母もまた「四泉堂」の跡継ぎとして、祖母のそばですべてを学んでいるということだ。

ちなみに、関東から北の業者との取引は先方が東京にやってきて、ホテルの一室で一週間ほど詰めて行われる。そのときは馨と茜も同行するし、直接運び込めないものは最終的に母が単独で現地に確認にいってから、「四泉堂」で買い取るかどうかを祖母と相談して決めるという段取りになっている。

祖母と母が出かけていることを聞いて、それならばと簾司は馨を夕食に誘ってくれる。以前に女性の振りをしてつき合っていたときは一緒に食事をして家まで送ってもらうこともあった。けれど、今は本当の自分の姿であの頃よりも親しくなっているのに、一緒に食事すらできないでいた。それを寂しく思いながらも、「呪いの書」の謎を解明するという課題があるから、自分から甘えたことは言えない。なので、夕食の誘いはとても嬉しかった。

その日の夜は茜に電話を入れて、帰宅が遅くなる旨を伝えておいた。そして、簾司に連れられていったのは、マンション近くのカジュアルなイタリアンレストランだった。食事中の会話ではしばし例の「呪いの書」のことは忘れて、簾司の京都時代の話を聞いた。

本人も大学の勉強はそっちのけで古美術と書ばかりを見て過ごしていたというように、彼はその人懐っこい性格で人脈を作って一般公開されていない作品もずいぶんと見てきたらしい。馨も「四泉堂」に集まってくる古美術品の質の高さから、美術館に並んでいてもおかしくないようなものを直接見てきた。それでも、簾司の話は偶然やアクシデントの驚きに加えて、無我夢中の彼の探究心が伝わってきて、聞いているだけで馨の心までワクワクと弾むのだ。

「あの僻地の限界集落への道では、現代の日本にいて本当に神隠しに遭うんじゃないかと怖くなってしまったよ。実際三日後に町に戻ったときには記憶も定かでなくて、手には銀杏《いちょう》の葉っぱを後生大事に握っていたので、本当に化かされたのかもしれないんだけどね」

おもしろい書があると聞きつけ簾司が車を走らせて行った村の話を聞きながら、馨は幼少の頃の寝物語として聞かされた母の話を思い出していた。ほとんどは歴史に基づいた御伽噺だったが、ときには自分が若い頃に経験した不思議な話も聞かせてくれた。

歴史のある古い美術品に携わっていれば、不思議な体験の一つや二つは当たり前のことだ。

馨も蔵の整理を手伝っていたとき、ある桐の箱からいきなり白拍子姿の若い娘が現れて微笑んできたり、小さな鬼が巻物の中から湧き出てきて暗闇に消えていったりというのは何度も見ている。

そういう連中は無害で、気まぐれにその姿を現しては慌てて消えてしまうというのが常だった。簾司が蔵に入ったときに、そこにあるすべての美術品から声が響いてくるようだと言っていたように、年月を経たものには魂が宿るのだ。

この世のものではない何かを見て怯えることはない。それは馨にとっては幼少の頃から当たり前だったから。けれど、七歳になってあの「呪いの書」のことを知り、自分が女の子の格好をしなければならなくて、茜のように学校に通うことができない理由を聞かされたとき、古美術の持つ力の恐ろしさを認識させられた。

「古美術はおもしろいです。でも、扱い方を間違えるととても怖い……」

食事のあとのデザートを食べ、エスプレッソを飲みながら馨がしみじみと呟いた。

「そのとおりだとわたしも思うよ。多くの人はそれを知らずに、美しさを愛でている。ほとんどの作品はそれでいい。ただ、中にはそれだけではすまないものがある。君の言うように、美しさだけではない力を持つ作品もあるということだ。なまじ知識がある人間がそれを悪用すれば、この世に不幸を呼ぶことになる。まさしく四之宮の家がその被害に遭ったようにね」

洋ナシのコンポートが添えられたティラミスを食べ終えて、ナプキンで唇を拭いながら簾司の言葉に頷いた。楽しい簾司の旅の話だったが、最終的には「呪いの書」の話に戻ってしまい馨は複雑な気持ちでいた。

この問題があるかぎり簾司と一緒に時間を過ごすことができる。けれど、四之宮にかけられた呪いが解けたとき、彼は馨の前から去るということはないだろうか。

『謎は簡単すぎてはつまらない。わたしはきっと君をこの呪縛から救い出してみせるから』

簾司の言葉は心強いけれど、その反面彼の興味が「呪いの書」にあって馨自身ではないのではないかという不安にかられる。何度彼の言葉を聞かされても、馨はやっぱり自分が男であることに引け目を感じてしまう。茜のように女性に生まれてきていたならと思ってしまうのだ。

食事を終えて店を出ようとしたとき、簾司はこのまま馨を家まで送るためタクシーを呼んでくれた。タクシーがやってくるのを待っている間、飲み終わったエスプレッソのカップを前にこれからの予定を話していたのだが、馨がふと自分の手元を見て小首を傾げた。それに気づいた簾司も同じように自分の前にあるエスプレッソのカップを見てたずねる。

「どうかしたかい？」

「このカップの模様が何かに似ていると思って……」

ここのレストランのロゴマークなのだろう。赤い大きなひし形の真ん中が丸抜きになっていて、そこに店の名前がある。丸の周囲のひし形に囲まれた部分は、雲海のような模様が連なっていてどこか東洋的に見える。

「ああ、これね。そういえば、ちょっと朱印っぽいね。この形に似たものだと……」

そう言って簾司が顎に指を当てて思い出している間、馨の脳裏でも記憶の片隅にある何かと何かが繋がっていく。そして、しばしの沈黙のあと、二人が声を揃えてその言葉を口にした。

「愛宕《あたご》神社の火伏札《ひぶせふだ》」

京都右京区の北西部にある愛宕山は古くから信仰の山とされ、天狗伝説でも知られている。また、山頂にある愛宕神社は火伏せの霊験があるとして、「火廼要慎《ひのようじん》」の札は多くの家庭や飲食店の厨房に貼られている。京都の知り合いからもらい受け四之宮の屋敷の台所にもそれが貼られているので、馨の記憶に残っていたのだ。

その札に捺《お》されている朱印の模様がちょうどこの店のロゴマークに似ているのだが、二人がその言葉を叫んだのには他の意味があった。簾司はにわかに興奮したように自分の額を片手で押さえながら言う。

「そうだ。確か、巻頭の部分にあったはずだ」

「はい、確かに『天の公』という言葉がありました」

簾司がそれを思い出して言ったとおり、馨もまたその文字を記憶の片隅から引き出してきていた。それは、巻頭の願文の中にあった文字で「天の公」、すなわち「天公」だ。

前後の文については一字一句定かなわけではないが、おおよその内容としては「天の公を慰め、我が身を哀れみ、この怒りの褪《さ》めんことを願う」というもの。その部分以外はありきたりな不遇を悲しむ文字が多く連なっていて、「天の公」の文字が記憶の中で埋もれてしまっていたようだ。

「よく思い出してくれた。ということは、あの書は……」

「もしかして、近衛《このえ》天皇にまつわるもの……？」

馨の言葉に篤司が強く頷き、興奮したようにテーブルから立ち上がる。すぐにでも自分の部屋に戻り、データの中から類似したものを探し出して確認したいのだろう。ちょうどそのときタクシーがきたと店の者が伝えにきてくれて、馨を先に屋敷へ送っていくという。だが、馨は首を横に振った。

「いいえ、僕もそちらに戻ります。一緒に作業を続けます」

「でも、遅くなってはご家族が心配されるんじゃ……」

その言葉にも首を横に振ってから微笑む。さっきも説明したように、祖母と母は数泊の予定で京都に出かけている。茜は晋司とデートだし、馨の帰宅が少しくらい遅くなっても電話連絡を入れておけば二宮は心配することもないだろう。

それよりも、せっかく思い出したその言葉から、なんとかしてあの書が近衛天皇のものだと確認を取りたい。そうすることによって、その書にどういう恨みと怒りがこめられているかを特定することができるし、その怒りを諫《いさ》めて呪いを解く方法を見つけ出せるかもしれないのだ。

「よし、わかった。このまま部屋に戻ろう」

簾司の言葉で二人は呼んでもらったタクシーに恐縮しながらも乗り込み、わずか数分の距離にある彼の部屋へと戻ってくるとすぐにさっきの作業の続きを始めた。今度は闇雲《やみくも》にデータを当たっていくだけではない。二人は大きなヒントを得て、時代や対象となる人物をかなり絞り込むことができた。

「あれが近衛天皇の書だとしても、本人が書いたとは思えない。虚弱で十七でなくなっているし、その原因も目の病気だった言われている。それなら、巻頭と巻末、そして写経部分の筆跡が違っても当然だ」

これで完全ではないにしろ、贋作の可能性は幾分減ったと言える。

「でも、写経の部分が誰の筆跡か特定できなければ、近衛天皇の書と断定することはできないですよね？」

「そのとおりだ。おそらく僧侶か能書家に依頼したものだろうから、当時の勢力図から考えて鳥羽《とば》上皇に近しい者だろうな」

簾司の言った近衛天皇の死因でもある目の病こそが問題で、それが「天公」という言葉に繋がるのだ。というのも、近衛天皇はときの権力争いに巻き込まれわずか二歳で異母兄の崇徳天皇から譲位を受けたものの、それをよく思わない者が少なからずいた。後の大怨霊となる崇徳天皇その人の他に、悪左府《あくさふ》の異名を持つ藤原頼長《ふじわらのよりなが》である。

そのどちらかは諸説あるものの、七十六代近衛天皇を亡き者にしようとして、愛宕山の天公像の目に釘を打ち呪詛をかけた。そのため、自分は命を落とすこととなったと死後に近衛天皇が霊となって語ったという。

あの巻頭の願文にあった「天の公を慰め、我が身を哀れみ」は、まさに天公像を使った呪詛を示唆するもので、巻末の世を恨み、子孫が途絶えることを願う言葉は、藤原頼長を呪ってのことであれば、まさに彼は非業の死を遂げていた。ただし、藤原氏は脈々と続き、鎌倉以降は「藤原」の名は使わず各家の苗字で現代も存続している。そういう意味では近衛天皇の呪詛は成就しなかったわけで、その怨念は書に封じ込められたままというわけだ。

「能書家でしょうか？　それとも僧侶でしょうか？」

「わたしは僧侶だろうと考えている。時代的にも鳥羽上皇と崇徳天皇のどろ沼の争いの真っ最中だ。名のある能書家は巻き込まれることを嫌っただろう。反対に僧侶たちは世の乱れに乗じて得るものが多い」

この時代は政《まつりごと》を司《つかさど》る者には必ず知恵を授ける僧侶がいたし、僧侶は自らの宗派と寺社の安泰をはかるため権力者におもねることも当然だった。力を貸せと言われて断わる僧侶はいないだろう。

「近衛天皇の陵は安楽寿院《あんらくじゅいん》、真言宗智山派だ。母親である美福門院《びふくもんいん》も女性でありながら高野山での埋葬を望み、女人禁制の地に物議をかもした。真言系の僧侶の書である可能性は高いと思う」

そう言うと、簾司はせめてもう一度でも、あの書を見ることができたらと溜息を漏らした。だが、すぐに首を横に振り、それはもう言うまいと諦めの笑みを浮かべる。そんな彼を見て、馨自身もまた歯がゆさとともに同じ思いを抱いていた。

部屋に戻ってから簾司はデスクトップに向かい、馨は同じ部屋のダイニングテーブルで広げたノートパソコンに向かって千近くもあるデータをひたすら確認していく作業を続けていた。

かれこれ二時間ばかりして、馨の携帯電話のメールの着信音が鳴った。着信表示を確認すると茜からだった。時刻はすでに十一時を回っている。今夜は遅くなるとメールを入れておいたが、さすがに心配になったのだろう。居場所を確認する内容だった。

「大丈夫かい？　今夜はもう遅い。これくらいにしておこうか」

簾司がそう言ったのだが、馨は茜へのメールを打ってからこのまま作業を続けたいと告げた。せっかくヒントになる言葉を思い出したのだから、なんとかそれに繋がるものを見つけ出したかった。馨の懸命な様子を見て、簾司が立ち上がってそばにくると肩に手を置いて言う。

「焦る気持ちはわかる。けれど、無理をしても仕方がないよ。二十年も縛られてきたものをそう簡単に解くことができるわけもない。ここはじっくりいくしかない」

「でも、いつまでもこんなことで……」

簾司の手をわずらわせて、時間を奪っているのは申し訳ない。だが、これは自分の研究と無関係なわけではないと彼は言う。

「それに、何よりも君を自由にするためだ。もちろん茜くんのためでもあるし、ひいては晋司のためにもなることだ。大丈夫。きっと突き止められる。わたしは必ずなんらかの答えを出してみせるよ」

「簾司さん……」

肩に置かれた手に力がこもり、馨は安堵とともに彼の手に頬を寄せた。すると、簾司は馨の髪をそっと撫でながらたずねる。

「お祖母さまお母さまは京都だったね。どうしようか？　送っていこうか？　それとも、今夜は君をここに引き止めてもいいんだろうか？」

「えっ、引き止める……？」

「そう。もちろん、悪い大人はよこしまな気持ちで誘っているわけだ」

「あ、あの……、それは……」

簾司の意味していることはわかっているけれど、馨は確認しないではいられなかった。もし、自分の勘違いだったらとんでもなく恥ずかしくて、消えてなくなってしまいたくなるから。そんな馨の戸惑いもちゃんとわかっているのか、簾司はあくまでも落ち着いた口調で語りかける。

「特種な環境で育ったことはわかっているから、関係を進めるにしても慎重にするべきだと思っている。けれど、二十歳を超えた君を子ども扱いするのもまた失礼な気もする。だから、君がどうしたいか聞きたいんだよ」

「あの、ぼ、僕は……」

悪い大人と言うけれど、彼の表情はとても優しい。馨はそんな彼に教えてほしいことがある。それは手を繋ぎ、体を抱き締めてキスをしたその先のこと。きっと一生誰とも経験することはないと思っていたそれは、どんなものだろう。怖いし恥ずかしいけれど、知りたいという思いを抑え込むことは難しい。

結婚して愛する人と家庭を持つ茜を羨《うらや》む気持ちは、どんなに押し殺しても馨の心の片隅に巣喰っている。女性の姿をして、半ば心まで女性のように生きてきた自分だから、女性との恋愛はできないとわかっている。けれど、女性に似た心で簾司を思うとき、この心と体の疼きをどうすることもできなくなる。

「僕は、知りたいです。何も知らないまま死ぬのはいやだ。一緒に生まれてきたから、僕も茜みたいにそれを知りたい。ちゃんと知ってから……」

馨は思いあまってそう言うと、簾司の胸に飛び込んでいった。簾司はそんな馨をしっかりと受け止めると、髪に口づけては大きな手で撫でながら言う。

「大丈夫。君は死なない。わたしが死なせない。ずっとこうして抱き締めていたいから、きっと守ってみせる」

簾司の胸の中で馨は何度も頷いた。幾度も不安に駆られてきたけれど、やっぱりこの人を信じよう。晋司が茜とのお見合いの席で言っていたように、彼が遊び半分で自分を抱き締めているとは思えない。変わり者の放蕩息子などと自ら嘯《うそぶ》いていても、彼が心根のいい優しい人であることはちゃんと伝わってくる。

そして、大学のキャンパスで彼が他の誰でもなく馨に声をかけてくれたように、馨もまた彼に声をかけられて確かに胸をときめかせていた。

茜は「王子様のようにステキな人だったらよかったのに」と笑っていたが、今ならはっきりと言える。あのとき魅力的な大人として馨の目に映っていた彼は、確かに自分にとっての「王子様」だった。もちろん、恥ずかしいからそんな言葉は口にしない。でも、彼との出会いを「運命」だと感じたことは間違いではなかったと思うのだ。

「大丈夫だ。何も心配することはない。約束するよ。君が怖がるようなことはしない」

簾司の口から何度「大丈夫」という言葉を聞かされているだろう。そして、その言葉を聞かされるたびに、馨はこれまで不安が勝ってやれずにいたことを試みようという気持ちになる。

それほどに馨はいろいろなことに怯え、知らないことが多すぎる人生を生きてきたのだ。それを恥ずかしいと思う気持ちもあるけれど、それ以上に今はそんな自分と決別したいという気持ちが強い。

言われるままにシャワーを使い、寝室のベッドに腰かけながらも体の震えをどうやって止めたらいいのかわからなかった。簾司はすぐ隣に座り、馨の少し湿った髪を大きな手で撫でて前髪をそっと持ち上げる。髪までは洗わなかったけれど、シャワーで濡れた毛先が頬や額に張りついていて、それを簾司が丁寧に後ろに撫でつけ、耳にかけてくれる。

「もう一度誤解のないように言っておくよ。わたしは青年の姿の君が好きだよ。こうして触れてその本来の美しさを確かめることができるのがとても嬉しい。だから、君が怯えてこの手から逃げていかないでほしいと心から願っているよ」

「逃げません。僕も嬉しいから。簾司さんに触れてもらって嬉しい。簾司さんの手は温かくて気持ちがいいから」

それは馨の正直な感想だったのだが、簾司はなぜか苦笑を漏らす。何か変なことを言ってしまったのだろうかと顔を赤くしていると、彼が額に唇を寄せて言う。

「まっさらな愛らしさというのはいささか危険だな。精一杯の理性を働かせているというのに、うっかり暴走してしまいそうだ」

「き、危険なんですか？」

意味がわからず不穏な言葉に驚けば、簾司が悪戯《いたずら》っぽい笑みとともに馨を抱き締めたままベッドに体を横たえる。体がぴったりと重なって、二人の鼻先が触れ合っていた。キスのときはいつも目を閉じていたから、こんなに近くで彼の顔を見たのも初めてだった。

「そうだよ。君はとても危険なんだよ。無意識にわたしの気持ちを煽っている。どんなに紳士でいなければと思っていても、君が無防備に誘う様には心が挫かれる」

馨としては誘っているつもりはないから、どうしたらいいのか困ってしまう。けれど、彼の手が馨の頬を撫でてから首筋に落ちていき、同時に唇が重なってくると無意識に甘い声が漏れてしまう。今夜のキスはこれまでよりずっと深く、口腔の奥まで彼の舌が差し込まれるのを感じていた。でも、約束どおり逃げたりしない。唾液が絡まり合って、二人が一つに溶け合う感覚にうっとりと溺《おぼ》れているばかり。

そうしているうちに、簾司の手が湯上がりに借りて身につけていた長袖のTシャツの裾から潜り込んでくるのがわかった。直接触れてくる手の温《ぬく》もりに、自分でも困惑するほど淫《みだ》らな気持ちをかき立てられる。

「ああ……っ、あの、あの……っ」

「君の体をこの手で確かめたいだけだ。痛いことはしない。気持ちが悪いなら、そう言ってくれればいいからね」

そう言いながらも、彼の唇は馨の耳朶《じだ》をやんわりと噛む。自分でも知らなかった小さな三日月形のほくろに白い歯が立てられて思わず掠《かす》れた声が出た。

「ひぃぁ……っ」

奇妙な声に慌てて自分の手で口を塞《ふさ》ごうとしたが、簾司がそれを素早く止める。戸惑う馨に、彼が耳元で声が聞きたいから口を塞ぐ必要はないと囁くのだ。本当にこんな声を上げても平気なのだろうか。

二十歳になるまで古美術の勉強ばかりしてきたわけではない。経験はなくても、茜に借りた恋愛小説も読んだことはあるし、二人でちょっと過激な描写のある映画を見たりもした。男女がどんなふうに抱き合うのか知らないわけではないが、問題は男同士のそういうものを見たことがなくて、具体的な行為についてよくわかっていないということだった。だから、今夜は何もかもを簾司にあずけてしまうしかない。馨は医者の前で裸になった子どものように、震えながらも全身から力を抜いた。

「いい子だ。それでいい。これは怖いことじゃないし、もちろん悪いことでもない。誰もが当たり前に経験していることで、心も体もとても満たされることだ。だから、素直に感じてしまえばいいんだよ」

馨は簾司を信じて頷いた。そして、着ていたTシャツを脱がされ、穿《は》いていたジャージーのズボンと下着まで下ろされる。途端に猛烈な恥ずかしさに体を隠したくなったが、簾司の言葉が脳裏を過《よ》ぎる。

『わたしは青年の姿の君が好きだよ』

だから、男でいいんだ。男だからといって恥じることはないんだ。自分自身にそう言い聞かせながら馨がじっとしていると、彼の手が胸から下腹へと滑るように下りていく。唇もその手を追うようにして、同じところに触れていく。痛くはないのに、その刺激が馨の下半身を疼かせていた。

もちろん、自慰は経験している。いくら双子でも茜にも言えないことがあって、それは馨だけの秘密だったがあのときの感覚ともまるで違う。もっと全身が言葉にはできない刺激に震えていた。初めての経験に体のどの部分も甘くせつなく啼《な》いているようだった。

「ちゃんと感じているんだね。それでいい。もっと気持ちよくなればいいんだよ。君が果ててくれればわたしも嬉しいからね」

果てるという言葉に反応したかのように、馨の股間が急に張りつめる。自分でもコントロールができなくて、どうしたらいいのかわからず両足を懸命に捩《よじ》る。

「あっ、ああ……っ、ど、どうしようっ、駄目っ、何か、も、もう……っ」

言葉にならないままに、自分の口からぼろぼろとこぼれて出てくるうわずった声。簾司の手で握られたそこが優しく擦《こす》られて、これまで一度も経験したことのない快感にどうしたらいいのかわからないでいる。

浮遊する体が溺れるかのように、懸命にシーツをつかもうとしていた。腰がビクビクと蠢《うごめ》くのを止められなくて、彼の指先の刺激に悲鳴を上げながら弾《はじ》けてしまった。

「うう……っ。んんっ、あっ……」

濡れた感触とともに大きく呼吸しながら、馨は自分の下半身に起きたことを認識していまさらのようにまた頬を染める。

自分の手ではなく、初めて人の手で果ててしまった。こんなふうに赤裸々に自分自身を誰かに晒《さら》してしまったことに羞恥を感じながらも、同時に言葉にはならない解放感を味わってもいた。

好きな人だから何もかも許せる。馨が求めていたのは自分をさらけ出せる相手に巡り会うこと。きっと夢でしかないと思っていたことが現実となって、恥ずかしさと同時に願いが叶った嬉しさに泣き出してしまいそうだった。

「よかった。ちゃんと感じてくれて嬉しいよ。でも、もう少し先までいっても大丈夫かな?」

「もう少し先……?」

自分が果てただけでは完結しない。これは自慰ではなく相手がいることだ。好きな人と一緒に快感を得ることが大切なのだと思い出して、馨は弛緩《しかん》した体をベッドに横たえたまま簾司にたずねる。

「あ、あの、僕はどうしたらいいの？」

力が入らなくて、言葉までも子どものように頼りない。けれど、簾司はそんな馨の肩に唇を寄せ、何もしなくてもいいからこのまま力を抜いていてほしいと言う。これまではただ気持ちがいいばかりだった。だから、ベッドの上で裸体を投げ出したまま簾司の愛撫に身をまかせることにした。

「ああっ、んん……ぁ。うく……っ」

一度果てた股間がまた高ぶっていくのを感じ、馨は身悶《みもだ》えながら身も世もなく啼いた。いつしか自分の手で声を抑えることさえ忘れ、あられもない姿で股間を開いて簾司の手ばかりか、唇や舌を受け入れていた。だが、しばらくして馨の体がにわかに緊張を思い出し硬直する。それは、自分の後ろの窄《すぼ》まりに彼の指先が触れるのを感じたからだ。

「あっ、あの、そ、そこは……っ」

「男同士だからね。ここを使うんだよ。衆道のことは知っているなら、そのこともわかっているよね？」

日本の歴史では、「衆道」と呼ばれる同性愛の習慣は平安の時代にもすでにあった。例の悪左府と呼ばれた藤原頼長も、同性との関係を結んでいくことで自らの力を築き上げたのは知られた話だった。

武士の時代になって、なお盛んになった衆道は江戸時代から明治を経てやがて影を潜めていったが、そういう性的指向が消えることはない。現代社会では宗教的な理由で弾圧を受けることはあるが、その反面では市民権を得つつある一つの恋愛の形となっている。

ただ、自分がその当事者になることは考えたことがなくて、いまさらのようにうろたえてしまうのを止められなかった。すると、簾司は馨の唇に啄むようなキスを繰り返しながら言う。

「痛いことも怖いこともしないと言ったけれど、少しだけ辛抱してもらえると嬉しいんだけどね」

「あ、あの、やっぱり痛いの？」

震える声で聞けば、簾司はまた困ったように苦笑を漏らす。

「極力そうならないようにするつもりだよ。だから、わたしを信じて力を抜いていてもらえると助かるかな」

子どもの頃に何度か打った予防接種のようにチクリと痛い思いをするかもしれないし、少しばかり苦しい思いにしばし息をつめてしまうかもしれない。けれど、そのあとには満たされて、心地よくなるからという簾司の言葉を信じ、馨は迷わず全身の力を抜いてベッドにうつ伏せた。

「そう、そのままじっとしていてくれるかな。大丈夫だ。君のここはなかなか従順そうだよ」

自分の双丘に彼の手がかかる。そこを分け開かれて、視線に晒されていることに羞恥を感じている間もなく、きつく閉じているはずの窄まりに濡れた何かが触れた。

「ほら、指が入っていくのがわかるかい？ 少し圧迫感があるかもしれないが、潤滑剤はたっぷり使っているからね。けっして君の中を傷つけたりはしない」

そんな言葉どおり、彼の指が馨の体の中に入ってくるのを感じていた。それはどんな書物で読んだより、そして馨自身が想像していたよりも、ずっと強烈でいて目の醒めるような感覚だった。

「あぅ……っ、ああっ、んん……っ、ひぃ……っ」

呻きとも叫びともつかない声が口をついて出る。慣れないし恥ずかしいし、どうしたらいいのかわからないのは体も心も同じだったが、それでも耐えられたのは明確な「痛み」というほどの苦痛ではなかったから。そして、馨が体をうねらせるたび耳元で囁かれるのは、簾司の優しい「大丈夫」という言葉。

それはまるで呪文のように馨の体を弛緩させる。彼がそう言っているなら、きっと大丈夫なのだと馨を信じさせてくれる。だから、彼と一緒なら知らないところへ行ける。この先の何かを知ることができる。そう思えて馨は身を任せてしまうのだ。

「んっ、んぁ……っ、はぁ……っ」

何か濡れた感触とともに、簾司の指が抜き差しされるたびに淫らな音がしている。その音が馨の耳に届くたびに股間がじんわりと濡れて張り詰める。そこを彼の手がやんわりと握りまた上下させる。一連の動作が流れるようにとても自然で、馨の体が驚くことのないようにゆっくりと快感に導いてくれる。

その快感に惑わされているうちに馨の体が開かれていく。簾司の指で自分でも気づかないうちに充分に解《ほぐ》されていた後ろに、何か大きな塊が入ってくるのを感じて声を上げた。

「あっ、な、何……っ、何か、大きい……っ。あっ、ああ……っ」

もちろん、簾司自身だとわかっていた。それでも、自分の体にそれが入っていると信じられなくて、馨は気がつけば嗚咽《おえつ》交じりに荒い呼吸を繰り返していた。

「馨、苦しいのかい？　辛《つら》かったら、一度抜こうか？」

圧迫感は大きい。けれど、辛くはない。だから、抜かないでと懇願した。ただ、体がこれまで経験したことのないほどにいっぱいに満たされていて、こんな感覚をどんなふうに言葉にしたらいいのかわからないだけ。このとき馨は、刺激が強すぎると人は言葉を奪われてしまうのだと知った。

「ああ……っ、どうしよう。こんなの知らないっ。で、でも、気持ちいい……。すごく、気持ちいい……」

後ろでの経験はないけれど、簾司の指が潤滑剤とともに充分すぎるほど解してくれていた

のだろう。分け開き押し込まれる痛みを完全に陵駕《りょうが》するだけの快感があって、それをもっとほしいと思っている。

「動くからね。苦しかったら言うんだよ」

片方の手でシーツを握り締めながらも、もう片方の手の指を二本揃えて自分の口に銜《くわ》えながら馨がうっとりと頷く。彼が動くと馨の体も揺れる。少し体を横にされて足を前後に開く格好で、さらに抜き差しが繰り返される。指を銜えた馨が横目で簾司を見ると、いつもとは違う彼がそこにいた。

優しいだけでなく、大人の男が欲情する様があった。そのとき、馨は満たされているのと同時に、自分もまた彼に何かを与えているのだと思い泣きたくなるほど嬉しかった。

誰にも求められることのない人生だった。いっそ生まれてきたのが間違いだったのだと思うこともあった。男でなければよかったと自分の性を呪った。でも、簾司の腕の中でそれらの思いがすべて浄化されていくのを感じている。

とても幸せで温かい気持ちに包まれて、できることならずっとこの淫らでいて甘美な快感の中にいたい。これが愛することで愛されることだと知って、馨はあらためてこの性のままもっと生きていたいと思ったのだった。

幸せという言葉を噛み締める日がくるとは思わなかった。でも、それは本当にあって、馨は生まれてきてよかったと心から思った。けれど、浮かれてしまったことへの代償は大きかった。

◆◆

「馨ちゃん、お食事持ってきたわ」

扉がノックされて、トレイを持った茜が姿を現した。馨は部屋の窓辺に座りぼんやりと外を眺めていたが、茜の姿を見て小さな溜息を漏らした。

「お祖母さまはまだ……」

怒っているのかとたずねようとしたが、その前に茜が神妙な表情で首を横に振る。無理もなかった。祖母の逆鱗《げきりん》に触れたのだ。そう簡単に許しが出るわけもなかった。そして、馨は母屋の離れにある客間で謹慎を言いつけられて、今日で一週間になる。

「母さまも取りなしてはくれているけれど、やっぱり……」

ことがことだけに、母も簡単に馨の味方をするわけにもいかないのだろう。祖母や母に嘘をついていたことは悪かったと反省している。けれど、馨は自分の行動を今でも後悔してはいない。

あの日、祖母と母が京都へ出かけていて、馨は生まれて初めての外泊をした。初めてだったのは外泊だけではない。生まれて初めて好きな人と一夜をともにして一つになったのだ。それは本当に幸せな時間で、馨は翌朝に目覚めてからもまだ夢の中にいるようだった。

だが、夕刻には祖母たちが京都から帰宅する。その前に屋敷に戻ろうと昼過ぎに簾司に車で送ってもらったのだが、裏木戸のある路地で別れを惜しんで抱き合っていたところをタクシーから降りてきた祖母と母に見つかってしまったのだ。彼女たちは買いつけが思ったより手際よく片付いて、朝のうちに新幹線に乗って帰宅してきたところだった。

あまりにも最悪のタイミングで、余裕をもって馨が帰宅したのが裏目に出たばかりか、正門前に他の車が停まっていて路地のそばに彼女らが乗ったタクシーが停められたのも運が悪かったとしか言えない。

別れたはずの簾司と馨が一緒にいて抱き合っている。それも馨は大学へ通っているときと同じ男の姿のままだった。それは、四之宮家の秘密を他人に知られてしまったということ。

いや、他人ならまだしも茜のつき合っている相手の弟だ。桐島の家に馨が男だとばれることとは呪いの証明となり、破談の理由になりかねない。せっかくうまくまとまりそうな縁談を台無しにしたうえ、四之宮の不穏な噂を裏づけしてしまったとなれば、祖母が激怒するのも無理はない話だった。

「茜ちゃん、ごめんね。もし今度のことで晋司さんとの縁談が流れてしまったりしたら、なんて謝ればいいのかわからない」

自分の行動を後悔していないとはいえ、茜の結婚のことを考えるとやっぱり身勝手な真似をしたのではないかと不安になる。だが、茜は心配はいらないと笑顔を見せる。

「大丈夫よ。晋司さんはそんなことで気持ちを変えたりしない人だから」

こういうときは双子でも、女の茜のほうが強いような気がする。あるいは、馨と違って世間というものを知っているからだろうか。度胸が据わっているというか、性格のせいか無駄にくよくよすることがない。

「それに、馨ちゃんと簾司さんのおつき合いはわたしだって応援していたから、本当は同罪なのにね」

祖母の部屋で馨がきつく叱責を受けていたとき、茜が思い余って庇《かば》いに入ってくれたが、もちろん祖母は聞く耳を持たなかった。とにかく、二度と簾司には会わないようにと言われ、大学へ通うことも止められた。携帯電話も取り上げられて、離れの客間から出ることを禁じられている。

本当ならあの書について簾司とさらなる調査をして、呪いを解く方法を探し出さなければならないというのに、また女性の格好をしてこの屋敷に閉じ込められてしまった。祖母や母にしてみれば、茜の縁談の件もあるが、馨の命を案じてのことでもある。

長年どうすることもできなかった四之宮の呪いがそう簡単に解けるわけもない。彼女らがそう考えるのはわかる。馨自身もずっとそう信じてきたのだから。それでも、もういやなのだ。もっと自由に、自分自身の姿で生きたい。簾司と出会ったことで、馨は本当の「生」をより強く願うようになったのだ。

「とにかく、もう少し辛抱していて。母さまと一緒になんとかお祖母さまを説得してみるから。それから、簾司さんに伝言があればわたしから晋司さんにお願いしてあげる。だから、元気を出して。お食事もちゃんと摂ってね」

そう言うと、茜は食事のトレイの他にも馨の部屋から持ってきた着替えや書物を置いていってくれた。茜が出て行ってからも馨は食事をする気にはなれず、また窓辺に行き框《かまち》に肘をかけて庭を眺める。

客間は八畳ほどの和室で、以前にリフォームしたときに旅館のように風呂とトイレをとりつけた。宿泊していく客が不自由のないようにという配慮だったが、人を監禁するにも都合がよかったということだ。鍵こそかけられていないが、家政婦や二宮には馨を監視するよう言いつけられている。裏庭を眺めることのできる窓にはプライベートを守るための木の格子が取りつけられているが、それもまた中の者を閉じ込めるために役立っていた。

二月に入り立春が過ぎてもまだまだ寒々しい夜空には、研ぎ澄ました刃物のような冷たい三日月が浮かんでいる。それを見上げる馨の心がせつないと泣いていた。簾司に会いたい。会いたくて仕方がない。簾司も急に連絡がつかなくなった馨のことを案じてくれているだろうか。簾司は馨がいなくてもあの「呪いの書」の謎を追ってくれているのだろうか。

長いカツラの髪をいつもの癖《くせ》で耳にかけようとして、馨はままならない己の身に苛立ちと悲しみを感じ、それを取ってしまおうかと思った。けれど、カツラを握り締めたもののそれを取り払うことはできなかった。この家で男の姿になったら自分は死んでしまうかもしれないからだ。

(いやだ。やっとあの人に会えたのに、死にたくはないもの……)

そう心で呟いて、馨はまた恋しい人を思いながら月を見上げて涙をこぼすのだった。


「お気の毒に。大奥さまのお気持ちも今に落ち着かれますよ」

そう言いながら、二宮が馨の部屋に加湿器を運んできてくれた。昨日から少し風邪気味なので、母から言いつけられてきたのだろう。

虚弱なのは相変わらずで、少し環境が変われば体調を崩してしまう。でも、今は心のほうが弱っているように思う。加湿器を運んできた二宮も事情を聞いているのか、落ち込んでいる様子の馨にあれこれと慰めの言葉をかけてくれる。

昼間は母が様子を見にきてくれるが、祖母からの伝言は自分のしたことをよく考えなさいというばかり。四之宮の家系を馨たちの代で途絶えさせてしまったら、それは跡継ぎを決めて見届けなかった祖母自身の責任になる。三百年の歴史を持ち、四つの家系の中で唯一存続してきた家を、ここで断ち切らせてはならないという使命感があるのだろう。

それは頭では理解できても、心は簾司に会いたいという気持ちが日々募るばかりだった。すっかり食欲もなくなっていた馨を見るに見かねた茜が、その夜の夕食を運んできたときにこっそりと耳打ちをしてきた。簾司に会わせてくれるというのだ。驚いた馨に茜が笑顔で頷く。

「晋司さんに話したら、可哀想だからどうにかしてあげたいって」

もちろん、馨が男だと話していないというので、恋愛関係にある男女が家族の反対で会えないのを単に気の毒に思ってくれたようだ。まったく似ていない双子とはいえ晋司にとっては自分の弟のことだし、茜に悲しそうに相談されて心が動いたということだろう。

「それにね、簾司さんからの伝言があるの」

「えっ？」

さらに驚いて馨が茜の顔を見つめると、彼女が誰もいない部屋にもかかわらず声を潜める。

「なんのことかよくわからないんだけど、謎が解けたかもしれないって伝えてくれって」

「本当にっ？」

茜は二人が「呪いの書」の謎を追っていることを知らない。双子の茜にもそれは言えない秘密だった。だから、簾司も言葉を濁して伝言したのだろう。それでも、茜は馨のためになるならと伝えてくれて、彼女なりに知恵を絞ってくれた。

「今夜はお祖母さまと母さまが大守さまのお誘いを受けて、お食事に出かけているでしょう。わたしも晋司さんとデートだと言ってあるの。だからね……」

晋司に協力を頼んで立てた茜の計画はこうだ。祖母と母が出かけている間に、馨と茜が入れ替わり晋司とデートをするといって屋敷を出て簾司に会う。その間、茜は馨の振りをしてこの客間にこもっていてくれて、祖母らの帰宅前に馨が戻ってきたら、また二人が入れ替わるということだ。待ち合わせ場所は八幡様の銀杏の木だという。ここからなら走れば二十分ほどだ。

「さぁ、お洋服を取り替えるわよ。お化粧道具もちゃんと持ってきたから」

茜はそう言うと立ち上がって自分の着ているワンピースを脱いだ。馨も急いで身に着けているものを脱いで、取り替えてから茜にヘアアイロンを使って髪型を整えてもらう。反対に茜は自分の髪をまっすぐにして、後ろで一つに結わえてメイクを落とす。

「よく見ればばれるけど、部屋にこもっているから平気よね。馨ちゃんも家を出るときは、できるだけ家政婦さんや二宮さんに見つからないようにするのよ」

茜はそう忠告すると、自分の携帯電話まで馨に貸してくれる。何かあったときのためというけれど、協力してくれた茜のためにも簾司に会って無事に戻ってこなければならないのだ。馨は茜の携帯電話をワンピースの腰のポケットに入れると、何度も何度も彼女にお礼を言う。

「ありがとう。本当にありがとうね、茜ちゃん」

「いいの。だって、馨ちゃんはわたしの大事なお兄……」

言いかけた言葉を茜が呑み込んで、両手で馨のことをしっかりと抱き締める。馨も同じように茜を抱き締めた。いつか自分が茜の双子の兄だと言えればいい。四之宮の屋敷の中でも外でも、堂々とそう言いたかった。

そのためには簾司に会う前にやらなければならないことがある。茜に言われたように屋敷の中で誰にも会わないようにそっと外に出る。茜のハンドバッグを持ってローヒールのパンプスを履き、コートを着て向かったのは屋敷の正門でも裏木戸でもない。裏庭にある蔵だ。

馨は簾司に会えるなら例の書を持っていきたいと思っていたのだ。

おそらく近衛天皇に縁のある僧侶が代筆したものだろうが、それを確かめるためにももう一度簾司に現物を見てもらったほうがいい。それに、まだあの書の真贋も定かでないから、それをはっきりさせるためにもどうしても明るい場所できちんと検分する必要があった。

まだ二宮が事務所で帳面付けなどの仕事をしている時間なので、蔵の鍵はかかっていないはず。危険な行為とわかっているが、場所はわかっているので素早く持ち出せば気づかれないですむだろう。

例の箱は普段は目に触れない場所に置かれていて、二宮であっても容易に近づかないよう祖母から言われているはずだから、しばらくはその場所から消えていても大丈夫だ。祖母の許しが出て謹慎状態から解放されれば、こっそり戻しておけるだろうと思っていた。

馨は蔵の中に入ると、迷うことなく箱の場所に向かう。七歳のときも十四歳のときも、あの書を見るのは恐ろしくていやだった。今だって本当はあの箱に触れるだけでも恐ろしい。だが、今はそんなことを考えている場合ではない。

とにかく、「呪いの書」を簾司のもとへ持っていかなければならない。それが自分自身を解放する唯一の手立てだと信じているから、怖さよりも意志の強さが勝っていた。そして、馨がその箱の前に立ち手を伸ばそうとしたときだった。

「馨さま……？」

ハッとして馨が振り返る。それは二宮の声だったが、暗闇の中で彼の姿はよく見えない。馨は勝手に侵入したことがばれないよう照明をつけないままでいた。暗い中で茜に借りた携帯電話の明かりだけを頼りにここまでやってきたため、今も周囲がまったく見えていなかった。

「に、二宮さ……ん？」

まったく物音も気配もしなかったから、驚いて思わず身を硬くした。てっきり彼はまだ母屋の事務所で仕事をしているとばかり思っていた。それに、彼はこの場所には近づけないはずではなかったか。

「馨さまですよね？　ここで何をしておいでです？　それは、もしかして……」

「あ、あの、わたしは……」

茜だと言い張ろうとしたが、それはできなかった。自分が本当の茜なら晋司とデートに出かけていなければならないし、そもそも普段から蔵に立ち寄ることもしない。また、二宮は二人を幼少の頃からずっと見てきているので、同じ服を着ていてもちゃんと茜と馨を見分けることができる。言い訳は無駄だということはわかっていた。

だったら、正直に頼むしかない。二宮には以前から協力を頼もうと思っていたくらいだ。事情を話せば、いつも馨に同情的な彼ならきっとわかってくれるはず。

「あの、お願い。見逃して。どうしてもこの書が必要なの。必ずすぐに戻しますから。これが誰のものかわかれば、四之宮の呪いを解くことができるかもしれなくて……」

馨が懸命に説明しようとするが、手にしていた懐中電灯をつけた二宮は無言のままこちらに歩いてくる。その表情はひどく難しく、普段の彼のものとは違って見えた。

「馨さま、それはよしたほうがいいですよ」

二宮はすぐそばまでくると、その手を伸ばして馨よりも先にその箱を手に取った。どんなに祖母に嫌われていても四之宮で長年仕えてきて、祖母への忠誠心は強いのだろうか。だとしたら、馨が書を持ち出すことを見逃してくれるわけもない。ところが、彼が馨を止めた理由はそうではなかった。

「いつまでも隠しておけることでもないでしょう。馨さまもそろそろ真実を知ってもいい時期かもしれませんね」

そう言うと、書の箱を手前の葛籠の上に置くと、自分の腰にぶら下げていた「四泉堂」の帳面もその横に並べて置いた。その帳面はコンピュータで管理しているものの他に、二宮が手書きで書きつけている美術品の売買の記録だった。けれど、どうしてその帳面を事務所から持ち出してきたのだろう。馨は怪訝《けげん》な表情で彼がそれをめくるのを見つめながらたずねる。

「真実って、どういうことですか？」

「ほら、これですよ」

帳面を広げて見せられたそこには、今から三年ほど前の取引が記載されている。品名が「書」とあって、金額は数千万。安い取引額ではない。購入したのは田端妙見とある。

「こ、これは……？」

「この書とは、ここにある『呪いの書』のことですよ」

「ま、まさか……。じゃ、ここにあるのは……」

「贋作だと言っておきましょうか。真作はすでに人手に渡っているということになっています」

なにやらもって回った言い方だが、だとすれば簾司の最初の見立ては当たっていたということなるのだろうか。それも購入したのはあの妙見だということだ。馨としては「なぜ」と問わずにはいられなかった。

四之宮にとってはいわくつきの書だ。いくら妙見が得意客であっても、よりにもよってあれを売るとは信じられなかった。

「仕方がなかったんですよ。馨さまたちもご記憶にあるんじゃないですか。三年前に税務調査が入ったでしょう。あのときはかなり厳しく調べられましてね。危うく裏帳簿も見つかるところでしたが、かろうじて数千万の追徴金ということで話がつきました。ただ、現金で揃えるのが難しくてやむを得ずに……」

「やむを得ずにあの書を売ったんですか？　それはお祖母さまの判断で？」

二宮は静かに頷いた。にわかには信じられなかったが、確かに数年前に税務調査が入ったのは記憶にあった。馨が大学に通いはじめた年だった。「四泉堂」の商売に関しては税理士を使いながらも、二宮に任せている部分も多かった。そのあたりの曖昧さに目をつけられてしまったのだろう。その件もあって、祖母は馨が大学に通うことを許可するにあたって経済と経営を学ぶようにと言ったのだ。

「でも、どうして住職が？　あの書は写経ではあっても経文ではないのに」

「住職はなかなか先見の明があるのですよ。あの書はさる高貴なお方が書かれたものでしてね。芸術的価値だけでなく、歴史的にも重要なものなんです」

二宮のその言葉に、馨は内心驚きと同時に何か違和感に似たものを覚えていた。だが、このときはあえて言葉を挟むことなく彼の言葉に耳を傾けた。

二宮が言うには、あの書は四之宮を呪いにかけたいわくつきの書として長らく秘匿されてきたが、その存在が正式に発表されれば日本史の謎の一つに答えが出る可能性があるということだ。それゆえ、その道の研究者にとっては貴重で、誰もが手に入れたいと思うものなのだ。

「それだけの価値があるものを所持していれば、妙弦寺の大きな財産となりますよ。そういえば、あの方も確か書を研究されていましたよね。馨さまにおつき合いを申し込まれた……」

「れ、簾司さんが何……？」

この話の流れで簾司の名前が出て、馨はいやな予感がした。

「馨さまはこの書を持ち出してどうするおつもりだったんですか？　もしかして、あの人に渡そうと思っていたんですか？　それはとても危険なことですよ。わかっているんですか？」

二宮に諭すように言われて馨は答えにつまる。だが、真作がすでに売却されているなら、ここにある書はなんの価値もないはずだ。だが、二宮の話はそれでは終わらなかった。

「あの書を売ったのは大奥さまの判断だと申しましたでしょう。ですが、大奥さまの指示はただ売れればいいというわけではなかったんですよ」

「え……っ？　それは、どういうこと？」

するとと、二宮は薄闇の中で口元を歪《ゆが》めるように笑みを浮かべる。いつもの柔和な彼の笑みとはまるで違っている。見慣れた左頬の火傷痕さえどこか不気味に見えた。

「実は売ったのは贋作なんですよ。贋作というよりレプリカと言ったほうがよろしいですかね。なにしろオリジナルは危険な『呪いの書』ですから、いくら金を積まれても簡単に人手に渡すわけにはいきません」

「じゃ、やっぱりここにあるのが真作？」

「そうです。間違いなく、ここにあるものが真作です」

その言葉に馨がビクリと体を震わせ、緊張と恐怖を思い出したように葛籠の上に載せられた木箱を凝視する。

「馨さまもご存じでしょう。妙弦寺は桐島家の菩提寺です。住職と桐島家の関係は深いですよ。書を専門にしているなら、住職が貴重な品を購入したと聞けば見せてもらっていても不思議ではないでしょう」

「でも、簾司さんは住職のことがあまり好きではないと言っていたから……」

妙見からそんな話を聞いたとしても、彼に頭を下げてまでそれを見せてほしいと頼むだろうか。ないような気もするが、自らの研究のためならプライドも捨てても不思議ではない気もした。

「個人的にどう思っていても、寺と檀家としてのつき合いはありますからね。そんな話が耳に入れば見たくなるでしょう。そして、住職が所有する書を見て、専門家の彼がレプリカであることに気づいたとしたらどうでしょう？」

二宮は何が言いたいのだろう。その不穏な雰囲気に馨はすっかり心が竦みあがっていた。

「あの書の売買は裏帳簿にしか記載されていません。妙弦寺も表沙汰にはできないことです。なので、贋作とわかっても訴えることはできない。だが、大金を払ったかぎり真作を手に入れたいと思っているでしょう。そして、桐島簾司氏はあの書を研究対象として学会で発表すれば、それは大きな成果として世間に認められる。つまり、ここにある真作を手に入れることは、彼らにとって利が一致するということです」

そのために簾司は馨を利用したということだろうか。そんなことは信じたくはない。大学での出会いもお見合いの席での再会も、彼と過ごした時間はどれも偽りなどではなかったはず。そして、きっと呪いを解いて馨を解放すると言ってくれたのだ。

「三百年の歴史を持つ四之宮でさえ、百年以上もこの書の呪いに苦しめられてきたんですよ。馨さまもそうして女の格好をしなければならない運命を背負われている。一介の研究者ごときが、呪いを解けると本当にお思いですか？」

だったら、簾司の言葉はすべて馨をそそのかすための甘言であったというのだろうか。一緒に蔵に忍び込んだことを二宮は知らないはずだ。だが、彼の言葉を聞いているうちに馨の不安がどんどんと増幅されていく。

馨に書を持ち出させるのが目的で、わざと贋作の可能性を口にした。そして、もう一度確認してみたいと言えば、馨が行動に出ることまで計算の内だったとしたら……。真贋を調べると言い預かれば、あとは返すときに住職のところにあったレプリカと差し替えてしまえばいい。

「研究対象としてもぜひ手に入れたいでしょうが、ましてあれは『呪いの書』ですからね。レプリカではその効果は発揮しない。誰か呪いたい相手がいれば、なおさら本物が必要でしょう」

簾司に呪いたい相手などいるのだろうか。とてもそんなことを考える人間とは思えない。だが、それについても二宮は不穏なことを口にする。

「住職とはあまり関係がよくないと、馨さまも聞いているのでしょう。真作を手に入れたあかつきには、彼にとって今度は住職が邪魔者になりませんか?」

「そ、そんな……」

いくら貴重な書とはいえ、そんなもののために人を呪ったりするものだろうか。だが、過去に同じ家系でありながら、三之宮は四之宮に呪いをかけたのだ。人の怨念は何をきっかけに発動するかわからない。そこに欲が絡めば人は容易に惑うことは世間知らずの馨でも想像がつく。

「今、切りたい相手がいて日本刀を手に入れますか？　危険なものはそれだけで人の心を惑わすものですよ」

それはあまりにも的確なたとえだった。古美術で日本刀も扱うが、手に入れたがる者は誰もがその危険さゆえに心を奪われるのだ。「呪いの書」も危険だからこそ、真作がほしくなる。

二宮の話を聞いているうちに自分は簾司に騙《だま》されていたのではないかと疑心暗鬼にかられ、馨はすっかり困惑の中にいた。

（どうしよう……。どうしたらいいの……？）

もう何もわからない。このまま簾司に会いにいってもいいのだろうか。「呪いの書」を持っていくと約束していたわけではないけれど、もし何も持たず現れた馨を見て彼が落胆をあらわにしたらどうすればいいんだろう。きっと馨の心は砕け散ってしまうに違いない。

「今夜は大奥さまも奥さまもお出かけです。ずっと謹慎生活をされていて、不安なこともおありだったでしょう。いっそご自身の目と耳で確かめてこられてはどうですか？」

「確かめる……？」

妙見に会って直接すべてを確認すればいいという。だが、今の馨にそんな勇気があるだろうか。さっきまではたとえ自分を呪い殺す危険な書であっても、恐れずにここから持ち出そうと覚悟を決めていた。なのに、今はそんな気持ちがすっかり打ちのめされている。

「この時間なら、まだ住職は本堂でお勤めをされていると思います。馨さまのことは可愛がっておいでだ。話を聞かせてもらい、例の買い取った書を見せてほしいと頼めばきっと快い返事をされるでしょう」

書を持ち出すことは看過できなくても、二宮はあえて馨の外出を見逃してくれるという。彼の言うように妙弦寺の住職に書を見せてもらうことができたら、おそらく判断がつくと思う。

作品の真贋を見極めるとき、一点だけを見るのと真贋の二点を比べるのとでは、知識のある者にとっては後者のほうがはるかに容易だといえる。馨は七歳と十四歳のときに真作を見ていることもあり、おそらく住職のところの書を見れば直感で真贋の見極めがつくだろう。

馨は二宮に見送られ、屋敷の裏木戸を潜《くぐ》った。そして、しばらくその場で立ち止まったまま考える。待ち合わせの八幡様は正門の前を通って駅のほうへと向かわなければならない。妙弦寺は反対の方角だ。

馨はしばし迷ってから、妙弦寺のほうへ向かって走り出す。せっかく茜が簾司に会えるように段取りをしてくれた。けれど、怖くて会いに行けない馨は、二宮が言っていたとおり妙見に会いに行くことにしたのだ。その判断が正しいのかどうかはわからない。ただ、今は「呪いの書」について真贋を自分の目で納得したかった。

もし、寺のものがレプリカだと一目瞭然で蔵の書が真作なら、悲しいけれど二宮の言うとおり簾司が馨を騙そうとして嘘をついた可能性も否定できなくなる。疑いたくはない気持ちは強いが、どうしても確かめずにはいられなかった。

◆◆

馨が妙弦寺に着いたとき、時刻は六時を回ったところだった。町から離れた山の麓《ふもと》にある寺なので、暗くなってから訪ねるのは少々怖い。簾司と一緒にやってきたときと同じように女性の洋服でパンプスを履いているので石段が上りにくかったが、今日はあの日のように手を差し伸べてくれる人はいない。

ようやく境内《けいだい》に立って本堂のほうを見ると、二宮の言っていたようにまだ中から明かりが漏れていた。本当は妙見に会うのは気が進まない。どうしても彼の口調や態度にそこはかとない嫌悪を感じるのだ。僧侶であるにもかかわらずどこか俗物的だと簾司が言っていたように、馨も同じ印象を妙見に持っていた。

ただ、彼が馨を可愛がっているという二宮の言葉は事実だ。それは展示会のたびに執拗《しつよう》に声をかけてくることでもわかっていた。そういう彼の心情を利用するのは本意ではないが、それでも確認しなければならないことがあるのだ。

馨が本堂に行き、静かに扉を開けてそこで靴を脱いで座敷に上がる。妙見は須弥壇《しゅみだん》の阿弥《あみ》陀如来《だにょらい》像の前に座り経をあげていた。その背後にコートを脱いだ馨が静かに座る。読経の声がしばらく続き、やがて木魚を叩く音が止まりリンの音が響き渡る。

「さて、何用かうかがいましょうか。このような時間に『四泉堂』のお嬢さんがお見えになるにはそれなりの理由があるでしょうからな」

背を向けたままにもかかわらず、彼は来客の存在に気づくだけでなくそれが馨だと認識していた。まずは如来に向かって合掌したあと、数珠《じゅず》を手首に巻き直してからゆっくりと振り返り馨と向き合う。

「遅い時間に申し訳ありません。でも、どうしてもうかがいたいことがありまして……」

正座している馨が一礼して言うと、妙見は薄っすらと笑みを浮かべて頷いてみせる。そして、みなまで言わずともわかっているとばかり片方の手を上げて言葉を遮った。

「あの書のことでしょう。いやはや、参りましたよ。あれは特別にお願いして譲ってもらったものですが、未だにその真贋がはっきりしない。『四泉堂』さんからもいわくつきの品だとは聞いていましたし、あの書に関してだけは他の美術品と違い真作の保証はしかねると言われていましたからね」

そう言うと、妙見はなんとも複雑な表情とともに苦笑を漏らす。

「それでは、やっぱり贋作だったんでしょうか？」

馨が震える声でたずねると、妙見は小さく首を横に振る。それはどちらを意味するのか、馨には判断がつかなかった。すると、彼は立ち上がり馨を本堂の奥へと誘う。

「わたしの言葉より、その目で確かめてもらうのがいいでしょう。あなたも『四泉堂』の人間なら見極める目をお持ちでしょうからな」

「では、見せていただけるんですか？」

馨が問うと妙見は先立って本堂の渡り廊下を通り、その先にある宝物殿へと案内してくれる。こんなに簡単に頼みごとを聞き入れてくれるとは思っておらず、いささか拍子抜けしたくらいだった。

妙見は法衣の袖から出してきた鍵で宝物殿の重く厚い木造の扉を開けると、馨を中へと招き入れる。中は入り口の部分にかなり広いスペースが取られていて、そこに大きなテーブルと椅子が並べられていた。奥にはさらに木の格子扉があり、そこから先に宝物が所蔵されているのだろう。ここはそれらの品の手入れや検分をするためのスペースになっているのだ。

「どれ、書を出してきますから、ここでしばらく待っていてください。今夜もずいぶんと冷える。熱い茶でも用意しましょう」

「どうぞお構いなく」

お茶よりもとにかく今は書を確認したかった。だが、そう性急な態度で妙見の機嫌を損ねるのもどうかと思われた。やがて妙見が手ずから小さな塗の盆に載せたお茶と和菓子を持ってきた。テーブルに置いてそれを馨に勧めると、彼はセキュリティロックのスイッチを切って格子扉を開け中へ入っていった。

馨は逸る気持ちを抑えながら待っていたが、やがて気持ちを静めようと目の前に置かれたお茶に手を伸ばす。二月の夜はまだまだ冷える。熱いお茶はやっぱり有り難かった。お茶の横にある焼き菓子には見覚えがある。「菊翠庵」がこの季節に出している梅をかたどったものので、中に上品な黄身餡《きみあん》が入っている。

その菓子を見てまた籐司のことを思う。そして、お茶を一口飲むと小さな溜息が漏れた。二宮の話を聞いて動揺してしまい妙弦寺にきてしまったが、本当によかったのだろうか。ここまできて少し冷静になってみれば、早計な真似をしてしまったのではないかと少し後悔していた。

(どうして籐司さんを疑ってしまったんだろう……)

籐司は蔵で書を見たときに贋作の可能性を口にはしたが、あくまでもあの場では判断はできないということだった。ただ、馨が奇妙に思ったのは、以前に見たときには巻末の例の願文の一ヶ所に施されていた修正部分が見当たらなかったこと。そのことを考えてみても、やっぱり書の真贋は謎としか言いようがない。だが、ここまできたのだから、妙見が購入したという書を見てなんらかの答えが得られたらと願うばかりだ。

そして、もう一口お茶を飲んでから籐司のことを思いつつ焼き菓子の包みを指先で撫でていると、なんだか目の前がぼんやりと霞《かす》むのを感じた。急いで走ってきたから、軽い貧血状態による眩暈《めまい》だろうかと目頭を押さえた。だが、自分の指先さえも歪んで見えて、じょじょに意識が遠のいていくのが感じられる。

（えっ、ど、どうして……？　何か、何かおかしい……）

そう呟いたものの、声にはならなかった。そして、体が崩れ落ちていく感覚に両手をテーブルについたものの、そのあとはふっつりと暗闇が馨を包んでしまうのだった。

気がついたときは、薄暗い部屋の中にいた。

（どこ……？　どうして……？）

無意識に横になっていた体を起こそうとしたものの、なぜかそれができない。体を支えようとした両手が動かないのだ。それもそのはずで、背中に回った自分の両手が縛られていることに気がついて、まだぼんやりしている頭を叱るようにして顔を上げる。

周囲を見回したそこは畳敷きの八畳ほどの部屋で、窓らしいものはなく、天井に近いところに明かり取りのような小さな格子窓があるだけだ。その位置関係からおそらく地下だと思われた。もちろん四之宮の屋敷の部屋ではない。まったく見覚えのない場所で、なぜ自分がここにいるのかわからない。

いずれにしても後ろ手に縛られているという事態が普通ではない。自分がどうしてこうなったのか落ち着いて思い出そうとして、すぐに妙見の姿が脳裏に浮かんできた。

自分はあの書の真贋を確かめるため、妙弦寺にやってきて妙見と話していたはず。彼が宝物殿に書を取りに行っている間にお茶を飲んで、そして意識が途切れたのだ。

「ああ……っ、なんてことを……」

それだけ思い出してこの姿であることを考えれば、自分が間違った判断をしたことは明白だった。だが、後悔をしていても仕方がない。なんとかしてこの状況から抜け出さなければならない。後ろ手に縛られた紐をどうにかして解こうと手首を闇雲に動かすが、皮膚が擠れる痛みばかりで紐はいっこうに緩まない。

誰かに助けを求めようとしても、ここがどこかもわからない。妙弦寺のどこかだとは思うが、宝物殿の入り口で意識を失ったあとのことはまったくわからなかった。とにかく立ち上がり部屋の扉のところまで行こうとしたが、まだ体がだるくて足にも力が入らない。転びながら膝歩きをしてどうにか扉にたどりつき、背中を向けて後ろ手のまま引き戸の取っ手を動かしてみたが開くわけもなかった。

(ああ、駄目だ。どうしよう。どうしたらいいの?)

絶望にその場で崩れ落ちたものの、諦めるわけにはいかなかった。部屋の中を懸命に見回して、何か使えるものはないかと探す。持っていたハンドバッグは見当たらない。きっと持ち去られてしまったのだろう。だったら、あの明かり取りの窓の外に誰かいないだろうか。壁際の窓の下へと戻ってはみたが、夜の寺の境内に人がいるとは思えない。そこから見えるのは冴え冴えとした冬の月だけだ。

何も手立てはないのだろうかと壁に背をつけたままへたり込むように畳に座ったとき、着ているワンピースの腰のあたりに何か硬いものがあるのに気がついた。

「あ……っ、これ……」

馨が思わず声を出したとき、入り口の木の扉がガタガタと音を立てて開いた。そこに現れたのは意識を失うまでは僧侶の顔を取り繕っていた妙見だ。今はもうその顔に仏に仕える者としての人徳や品性は感じられなかった。

「おや、もう目が覚めていたのか？　薬が少なかったかもしれないな。まぁ、いい。意識のない人形のようではつまらないからな」

「ど、どうして？　どうしてこんな真似を？　あの書は？　あの書はどこにあるんですかっ？」

こんなふうに切羽詰ったとき、人はたずねても無駄だとわかっていてもそれを口にしてしまうものらしい。妙見は焦る馨を見てさもおかしそうに喉を鳴らして笑う。

「どうしてだと？　そんなことはわかっているんじゃないのか？」

淫靡な笑みとともに近づいてくる姿におののいて、馨が壁際にいてもなお身を引こうと体を捩った。そんな馨の姿さえ楽しむように、妙見はゆっくりと手を伸ばしてくる。

「ずっとこの日を楽しみにしていたんだよ。美しい双子がいると聞いていたが、『四泉堂』で初めて見たときは心がときめいた。だが、わたしは女では駄目なので諦めていたものの、籐吉《とうきち》が一人は男だと教えてくれてね。それを聞いたら、どうしてもほしくなったんだよ」

「に、二宮さんが？　どういうこと……？」

わけがわからない馨を見下ろしながら、住職は相変わらず不気味な笑みを浮かべたままだ。そして、壁際に追いつめられ身動きできない馨の頬にかかった横髪をすくい上げるようにしたかと思うと、それを乱暴に引っ張った。

「あう……っ」

ピンで何ヶ所か止めてつけていたカツラが外れ、馨のやや長めのストレートヘアが現れたのを見て妙見はその表情を緩めてから吐息を漏らす。

「そうか、やっぱりカツラだったのか。では、その洋服の下を見るのも楽しみだな」

「い、いやだ。やめて……っ」

馨が懸命に抵抗しようとしたそのとき、再び部屋の引き戸が開いて誰かが入ってくるのがわかった。馨が体を捩りながらその人物を見て驚きの声を上げる。そこにいたのは、馨をこの寺へくるよう促した二宮だった。

「に、二宮さんっ。お願い、助けてっ」

ついさっき妙見が言った言葉の意味も忘れ、その顔を見て思わず助けを求める。だが、二宮の表情もまたいつもの彼のものではなかった。彼の左頰の火傷の痕について気の毒に思うことはあったが、それを祖母のように毛嫌いすることもなかった。けれど、火傷の痕を歪ませて笑う今の彼の表情はあきらかに長年馨が知っているものとは違う。

そもそも、屋敷を出る前に蔵で向き合っていたときから、彼は自分の知っている二宮ではなかったのではないか。そんな彼に馨はまんまと翻弄され、篤司の言葉を疑い愚かな行動に走ってしまったのだ。

「やれやれ、やっと気づいたのか。この男はね、おまえたちの味方ではないんだよ。いや、むしろ四之宮の宿敵だ。そんな男を長年信じて屋敷で雇っていたんだから、どんなに気丈でもしょせん女の所帯は甘いものだ」

妙見は馨の顎をつかんだまま、のっそりと部屋に入ってきた二宮を見ながら言った。二宮が四之宮を裏切ったということはわかった。だが、彼が宿敵というのはどういうことだろう。彼は同じ家筋である二之宮の人間で、職を失い路頭に迷っていたところを祖母に救われたと言っていたはずだ。だからこそ、どんなに疎まれても辛抱して四之宮に仕えてきてくれたのだと思っていた。

「住職、約束は守りましたので、くれぐれもあとのことはよろしくお願いしますよ」

「二宮さん、どうしてこんなことをしたんですかっ。あなたはいったい……」

悲愴な思いで問いかける馨に、二宮はその表情に不穏な影を宿し、念のこもった低い声で答える。

「わたしですか？　馨さま、いや、四之宮の跡継ぎにこれ以上頭を下げる必要もないんだがね」

まるで長い間被っていた仮面を剝ぎ取るように、彼は自らの本性をむき出しにして言葉を続ける。

「長らく四之宮で仕えてきたが、やっと屈辱の日々とも決別できる。これからは三之宮の復興のため、四之宮には滅んでもらわなければならない。少々気の毒だが、馨さまはその生贄《いけにえ》のようなものですよ。なにしろ、こちらの住職には例の書を持ち出すのに少々世話になったのでね」

「さ、三之宮？　だって、あなたは二之宮の末裔じゃ……」

二宮が三之宮の復興などと口にする意味がわからず、馨が彼の顔を凝視しながらも顎から首筋を撫でてくる妙見の手に身を震わせていた。すると、二宮は暗い笑みとともに吐き捨てるように言ったのだ。

「わたしは二之宮の末裔なんかじゃない。あなたたち四之宮に滅ぼされた三之宮の生き残りですよ」

「嘘……っ」

　さすがにその言葉には驚愕《きょうがく》しかなかった。馨が頬を引きつらせていると、二宮は己の半生をさも忌々しげに思い出しながら語る。

「嘘じゃない。三之宮は四之宮の呪詛返しを受けて屋敷ごと燃え落ちた。わたしはその屋敷から唯一人逃げ出した当時の三之宮家の四女の末裔であって、二之宮ではないんですよ」

　三之宮が四之宮にあの書を使って呪いをかけたものの、呪詛返しによって屋敷が燃えて一族が亡くなったことは馨も聞いている。だが、まさかその生き残りがいたとは思わなかった。

「呪いなど現代にあるものかと思うかもしれないが、信じるしかないのは馨さまも重々わかっているでしょう。わたしもまた長い間その呪いで苦しんできた人間だ。この火傷の痕がその証拠ですよ。生まれたときからこの醜い痕があった。うちの血筋は誰もそうなんでね。本当にこの痕のせいでどれだけ周囲から理不尽な扱いを受けてきたことか……」

　それは祖母もそういう態度であったから、馨としても返す言葉がなかった。けれど、呪いのことを言うなら、最初は三之宮が四之宮を妬《ねた》んだのがことの発端だ。逆恨みというものではないだろうか。

「難しい時代だったんだろう。それはわかるが、今になって呪ったただの返しただのと言っても始まらない。ただ、家系を存続させて恵まれた暮らしをしている四之宮を見ていれば、先祖の無念を思わざるを得ない。断絶した二之宮の縁《ゆかり》の人間だと名乗って四之宮に入ってからというもの、呪いに怯えながらもなかなか滅びることのない四之宮を見ながら、わたしもまた苦渋の日々を送ってきたんですよ」

そして、三之宮の復興を誓い四之宮の家に潜り込み、二宮はひたすら宿敵を滅ぼす機会をうかがっていたという。長年の勤めで信用を得て、蔵の所蔵品を直接扱えるようになった頃から「呪いの書」を持ち出すことを画策していたらしい。だが、四之宮の管理も厳しい。特にあの書については他の美術品とは別格の扱いだ。そこで自分の計画の協力者として、この寺の住職である妙見を選んだのだという。なぜなら、妙見にはよこしまな欲望があることを二宮は気づいていたからだ。

「美しいものはいい。だが、女はどんなに美しくても駄目だ。あれは不浄のものだからな。だから、わたしはおまえがどうしてもほしかった」

妙見はもはや僧侶とも思えない淫靡な笑みを浮かべながら、馨のそばにしゃがみ込み顎をつかんだまま舌で頬を嘗《な》め上げる。その濡れた感触のおぞましさには身を硬くするしかなかった。

いずれ馨を好きにさせてやる。だから、「呪いの書」を売ってほしいと四之宮に持ちかけるようにと二宮は妙見をそそのかした。もちろん、四之宮がそれを売ることを承知するわけもない。税務調査が入ったのも追徴金があったのも事実だが、たかだか数千万を支払うためにあの書を売るなど冷静に考えてみればあり得ない話だ。

もちろん、祖母も母もそんな話は一蹴していたものの、レプリカでいいという話になれば四之宮も断わる話でもない。「呪いの書」のレプリカが存在していたことにも驚いた馨だが、二宮はなんでもないことのように言い放つ。

「呪詛返しのためには同じ書が必要になる。もちろん、オリジナルではなくまったく同じように写し取った一巻が使われるんですよ。それが四之宮の蔵にはずっと保管されていた」

さすがにそのことについては馨も祖母から聞かされてはいなかった。

「長年ひたすら真面目に勤め上げ、すっかり奥さまには信頼を得ていたし、大奥さまはいろいろ気に喰わないようでも老齢で自分の力ではままならないことも多かったですからね」

そこで、妙見にレプリカを売るときに二宮は箱の中身を入れ替えたのだ。

「というわけで、あの桐島の若造が疑っていたとおり蔵の中身は贋作ですよ。まぁ、贋作ではなく正確にはレプリカですがね。本物はこの住職に預けてあるんです」

二宮は馨が簾司を蔵に入れたことを知っていた。あの夜はわざと早く帰宅したふりをして、二人が蔵で書を見る隙を与えたということだ。それさえも二宮の計画のうちだったのかと思うと、彼の四之宮への深い怨念にあらためて震え上がる思いだった。そして、彼がさっき蔵で馨に言った言葉の違和感も今なら理解できる。

『あの書はさる高貴なお方が書かれたものでしてね、芸術的価値だけでなく歴史的にも重要なものなんです』

二宮が四之宮に呪詛をかけた三之宮の血筋の者なら、あれが近衛天皇とその縁の者の書だと知っていても当然だ。

「で、でも、そんなものをいまさら手に入れてどうするつもりなんですか？」

馨は自分の顔や首筋を嘗め回す住職の愛撫に嫌悪の表情を浮かべながら、二宮を問いただす。二宮の答えは簡単だった。呪詛返しを解くのだという。それさえ解けば、最初の呪いは呪者がすでに亡くなったことで生きたままだ。四之宮は今度こそ根絶やしになる。女装などという小細工も通用しない。それどころか、女も含め一族郎党が死に絶えるだろう。そうして、残るのは三之宮の血筋の自分一人。四之宮家の蔵に所蔵されている美術品だけで、三之宮を復興させるには充分だと彼は笑う。

二宮の言葉に馨は眩暈さえ覚えていた。そんな壮大な復讐劇を企《たくら》む人間がずっとそばにいたとは夢にも思わなかった。そして、このタイミングであったことも、彼は馨を前にしてもはや隠しておくことは何もないとばかり語る。

「まさかこんなに早く茜さまの結婚話がまとまるとは思っていませんでしたがね。このままいけば春には結納の運びとなる。結婚は大学の卒業を待つにしても、すぐに子どもができてしまうだろう。これ以上四之宮を存続させておくわけにはいかない。それに、馨さまにつきまとっている桐島の双子の片割れも妙に目利きで厄介なんですよ」

桐島の双子の存在は四之宮の家にとっても思いがけない吉祥だった。晋司はともかく簾司に関しては祖母も母も複雑な思いがあるとしても、茜の結婚がまとまるくらい喜ばしいことはなかっただろう。そして、馨にとってはその簾司こそが生きることへの強い希望となった。だが、彼らの存在は二宮にとっても別の意味で大きかったということだ。

そうであったとしても、馨を拉致したあげく四之宮を呪詛によって根絶やしにするなど現実の話とは思えない。二宮の恨みがどれほど深くても、現代において呪詛の儀式を執り行うなど荒唐無稽だと言われて当然だし、そもそもそれを行える者がいるとも思えなかった。

「こんなことをしても四之宮は滅ぼせない。二宮さん、あなたのやろうとしていることは間違っている。今はもうそんな時代じゃない。呪詛も呪詛返しも前時代的なしょせん『まじないごと』でしかない。そんなもので人は死なない」

馨が必死になって言うと、二宮は乾いた笑いを漏らす。

「その姿のあなたが言いますか？　男なのにずっと女として育てられたあなたが？」

そうだとしても、こんなことはすぐに発覚する犯罪だ。馨がいつまでも帰宅しなければ茜が祖母と母に相談するだろうし、警察に通報するだろう。それでも二宮は動じることがなかった。

「なぁに、今夜にはすべてが終わるのですよ。あなたはここで住職のお相手をしていればいい」

「今夜には……？」

どういう意味なのかわからないが、たまらなくいやな予感がする。

「もう大奥さまと奥さまお戻りでしょうかね。わたしもそろそろ屋敷に戻って準備をしなければなりません。茜さまは馨さまの身代わりで離れにおいでですし、三人揃ったところで……」

「揃ったところで、何をするつもりですかっ？」

思わず馨は身を乗り出して二宮に聞く。だが、その体は妙見の腕で引き戻されてしまい、ワンピースの襟元のボタンを外されてその手が胸元へと潜り込んでくる。あまりにもおぞましい手に必死で身を捩って拒みながら、馨は二宮に必死でたずねる。

「何をするんですかっ？　四之宮をどうするつもりですかっ？」

すると、二宮が不気味な笑みとともに言う。

「今夜はよく冷え込んでいる。空気も乾燥している。こういう日は木造の家はよく燃えるでしょうね」

「ま、まさか……っ」

「百年前の三之宮の屋敷の惨劇を再現させてみるだけですよ。寝静まられた時間なら三人ともご一緒に逝かれるでしょうね。でも、ご安心ください。庭の蔵は防火設備がしっかりしていますから所蔵物は安全です」

蔵の美術品など祖母と母、そして茜の命には替えられない。なのに、二宮はぬけぬけとそう言うと、きびすを返して部屋を出て行こうとする。そして、扉の前で今一度振り返ると、泣きそうな顔で二宮を止めようと叫んでいる馨に向かって不敵に笑う。

「馨さまも呪いが復活すれば長くは生きられないでしょう。せいぜい住職に可愛がってもらい、死んだらよく供養してもらうとよろしい。あとのことは心配されなくても大丈夫ですよ。四之宮の家は三之宮としてりっぱに復興させてみせますから」

「やめてっ。二宮さんっ、お願いだから、そんな恐ろしいことはやめてくださいっ」

悪魔のような二宮の言葉に、馨は絶叫に近い声で懇願するしかなかった。それでも、二宮は冷たく扉を閉めて行ってしまった。

「ああ……っ、なんてことを……っ」

絶望に打ちひしがれる馨を妙見は容赦なく畳の上に引き倒す。四之宮の家のこともこれ以上ないほど心配だが、今の自分の状態を考えればまずはこの場から逃げ出すことが先決だと思われた。そして、簾司と晋司に助けを求めるしかない。

「やっぱりカツラがないとこんなに愛らしい。なのに、ずっと女の姿で過ごしていたとはなんとも哀れな話だな。だが、これからはわたしが男のままのおまえを可愛がってやるから、せいぜいいい声で甘えるといい」

冗談ではなかった。こんな手に快感などない。あるのは嫌悪だけだ。そして、あらためて馨は自分の愚かさを悔やんでいた。

（どうしてあの人を信じきれなかったんだろう……）

何度も簾司の優しさと真摯さに触れてきたのに、どうしてこんなことになってしまったのか。これもすべて馨自身の責任だ。あれほど簾司に「大丈夫だ」と言われてきたのに、自分に自信を持てない馨は彼の言葉を疑ってしまった。こんな自分を本気で愛してくれる人などいないと、自虐的な思いを捨て切ることができなかったのだ。

妙見が馨のワンピースを剝がし、その下のキャミソールにも手を伸ばす。家にいるときは下着まで女性ものを身に着けることはない。だが、女性の格好で外出するときは茜が全部揃えてくれる。なので、今夜も深い丈のショーツとキャミソールを着けていた。

「こういうものも似合うが、まずは本当の姿を全部見せておくれ。何もかも愛でてやりたいからね」

「いやっ、触らないでっ。いやだ……っ」

そうやって妙見の手を拒みながらも、馨が案じていることがあった。それは脱がされて背中に回されているワンピース。そのポケットには茜に借りた携帯電話が入っている。それは外部と連絡を取るための唯一の手段だ。妙見に気づかれないよう祈るような気持ちで、馨は懸命に体に触れてくる手から逃れようとしていた。

「ほらほら、じっとしていないと痛い思いをするだけだぞ」

そう言いながら、妙見はまるで猫が鼠をいたぶるように馨の体を撫で回す。だが、手を縛ったままではワンピースもキャミソールも完全に取り払うことができないので不満そうだった。ここは辛抱するしかないと覚悟を決めた馨は、潤んだ目で妙見を見て哀願する。

「お願いです。手を解いて。腕が痛い……」

悲痛な馨の声を聞いて妙見は淫靡な笑みを浮かべた。馨が従順になったと思ったのか、満足そうに頷いて体をうつ伏せにする。そして、後ろ手に縛っていた紐を解くと、馨の両手が自由になったところでワンピースとキャミソールを剝ぎ取ってしまう。女性物のショーツに膝下の黒いタイツだけになって、馨は自由になった手で体を覆おうとした。

「これもまた倒錯的でいい。思ったとおりだよ。本当におまえは金では測れない。数千万くらいで手に入るなら御の字だ。これから存分に楽しませてもらうとしよう」

薬で眠っていた時間がどのくらいわからないが、ずっと縛られていた手が解放されたものの痺《しび》れていてうまく動かない。それを見た妙見はまるで幼児をあやすように、馨の手を取って撫でては唇を寄せてくる。そんな仕草のすべてがおぞましいが、今は我慢して手が動かせるようになるのを待つしかない。そして、なんとか携帯電話を使って外に連絡を取らなければならない。

「ああ、いい。なんてきれいな体だ。顔も美しいし、体もまっさらなままなのだろう。どこもかしこも雪のように真っ白だ」

それは違う。この体はもう真っ白でもまっさらでもない。すでに簾司が抱いて愛した体だ。そのことが今の馨にはせめてもの慰めで、じっと目を閉じてひたすら簾司のことを思った。

胸の突起をつままれて、唇と舌が這《は》わされる。背筋に悪寒《おかん》が走り、馨はたまらず心の中で思っていた簾司の名前を声に出してしまった。途端に妙見が剣呑《けんのん》な表情になって、馨の体から顔を上げる。

「それは、『菊翠庵』の双子の片割れの名前だな？　表向き交際を終わらせたあともこそこそと書について調べていたというが、もしかして……」

簾司と蔵に忍び込んだり、一緒に書の筆者を特定する作業をしていたことは二宮も知っていた。だが、二人が心と体を許し合った関係であることまでは気づいていたかどうかわからない。

「おい、まさかあの男に体を許していたわけじゃないだろうな？」

低く険しい声でたずねる妙見だったが、馨はもちろん何も答えない。すると、苛立ちをあらわにして馨の顎を片手でつかみはっきりと言えと迫る。だが、馨は唇を強く噛み締めているばかりだったので、妙見は抱きかかえていた馨の体を一度床に叩きつけた。

「あぅ……っ」

裸体が突き飛ばされて畳の上に突っ伏した馨の髪をつかむと、顔を持ち上げてもう一度聞く。

「すでに他の男の手つきか？　そうなのかっ？」

やっぱり答えないでいると妙見は怒りに形相を歪めて、馨の頬を平手で打った。それは痛みというより驚きだった。生まれてからというもの、人に打たれるという経験がなかった。屋敷の中では、家族以外では家庭教師や家政婦に二宮というよく知った人間との関係しかなかった。彼らが馨を傷つけるはずもなく、大学に通うようになってからも友人の一人も作らないまま、家との往復を繰り返しているばかりだったのだ。

そんな存在感の薄い馨に憎しみを向けてくる者などいなかったし、まして暴力でねじ伏せようとする者などいなかった。だが、妙見は完全に馨を支配しようと企《たくら》んでいて、その馨が未経験でなかったことに激怒している。このとき、馨は頬の痛みを実感するとともに、生まれて初めて感じる怒りに身を震わせた。

こんな理不尽な話があるものか。復讐のために四之宮を長年騙してきた二宮も、己の欲望のためにそれに手を貸した妙見も、どちらも馨は絶対に許せないと思った。

「僕はあなたのものにはならないっ。この歳まで生き延びてきたんだから、これからも死なない。四之宮は滅びない。あんな書の呪いなんかに負けないからっ」

なんの根拠もないけれど、そう強く思ったことが言葉になって馨の口から出た。こんなふうに感情のままを言葉にして誰かにぶつけたのもまた、生まれて初めてのことだった。

「なんと、生意気なことをっ。素直に甘えていれば優しくしてやろうと思ったのにっ」

怒りのせいで剃髪の頭皮に血管を浮き立たせ、馨を睨みつけてくる。そして、握っていた馨の髪を忌々しげに離し、今度は二の腕を乱暴につかんで体を起こそうとした。ところが、まさにそのタイミングでインターホンの呼び出し音が鳴った。

寺のどこにいても来客がわかるようにインターホンを設置しているのは、古くてもいまどきの寺だった。だが、便利なように取りつけたものに邪魔をされて、妙見は腹立たしげに舌打ちをしてそちらを振り向く。

「いったい誰だ、こんな時間に」

そう言いながら、さっき脱がしたキャミソールを使って馨の口を塞ぎ、両手を紐で一つに結わえた。そして、この部屋の扉のそばにあるモニターつき親器で応対する。

『恐れ入ります。夕方にお菓子を納品させてもらった「菊翠庵」ですが、生菓子を他のお客様へ配達するものと間違えてお渡ししてしまいまして、申し訳ないのですが交換させていただけませんでしょうか？』

簾司の実家の菓子屋の屋号が聞こえて、馨は思わず塞がれた口で呻き声を上げる。モニターの映像は見えないが、声の感じから桐島の長男で「菊翠庵」を継いだ元司《もとじ》だろう。彼とは「四泉堂」にお菓子を配達にきてもらったときに面識があるし、その声も覚えていた。だが、妙見がすぐに行くと返事をしてインターホンを切ってしまったので、馨の懸命な呻き声も届きはしなかった。

「すぐに戻る。いいか、おとなしくしているんだぞ。どうせ逃げられやしないのだからな」

それだけ言い残して妙見は部屋を出て行く。鍵がかけられる音は聞こえたが、もちろん言われたとおりおとなしくなどしているわけがない。幸いだったのは、妙見が慌てていたため今度は後ろ手ではなく前で両手首を合わせて結ばれていたことだ。馨はすぐさま自分の脱がされたワンピースのところへ駆け寄り、ポケットをまさぐって茜の携帯電話を取り出した。

そして、両手を持ち上げて口にきつく巻きつけられているキャミソールを乱暴に引き下ろす。塞がれていた口で大きく呼吸をすると、すぐに床に置いた携帯電話をタップして家の電話番号を呼び出す。両手首を縛られたままでも、これくらいの操作ならできる。呼び出し音が二度鳴ったところで思いがけず茜本人が出た。おそらく馨の帰りが遅くてやきもきしていたのだろう。

『馨ちゃん？ 今、どこなの？ 簾司さんから馨ちゃんがこないって連絡があったの。それに、お祖母さまと母さまが帰ってきてしまって……』

茜の焦る声が馨の気持ちを煽る。けれど、こういうときだから落ち着かなければならない。茜と祖母と母の命がかかっていることだが、事情はあまりにも複雑だ。それでも茜と馨は双子だからきっと通じる。そう信じて馨は茜に言った。

「茜ちゃん、これから言うことをよく聞いて。そして、迷わずに行動して。いいね」

そう前置きして、馨は二宮が四之宮を裏切り、今夜屋敷に火を放つつもりだと告げた。だから、すぐに屋敷から逃げること。そして、馨は妙弦寺にいて妙見によって監禁されていることも伝えようとしたところで、部屋の外から足音が聞こえてきた。

（あっ、駄目だ。間に合わない……っ）

妙見が戻ってきたことを知り、馨は会話の途中で携帯電話を手に持っていちかばちか明かり取りの窓に向かって放り投げる。携帯電話を持っていたことがばれて、茜に連絡をしたとわかれば妙見がどんな行動に出るかわからない。

祖母と母が戻ってきたところでさっさと屋敷に火を放てと二宮に連絡されたら、彼女らが逃げ遅れてしまうかもしれない。四之宮の家を滅ぼす計画など絶対に許すわけにはいかない。そして、愛する家族を失うわけにもいかないのだ。

だが、明かり取りの窓は格子状になっていて、いくら携帯電話が薄いといってもその隙間を通すのは難しい。一度目は格子に当たり跳ね返って戻ってきた。

『馨ちゃん、馨ちゃんはどこにいるのっ？　大丈夫なの？』

茜の案じる声が電話から聞こえてくるが、もう話をしている時間はない。その間にも足音は近づいてくる。馨は慌ててもう一度携帯電話を拾い、それを窓に向かって投げる。

（お願いっ、今度こそ通って……っ）

祈るように視線を送っていると、携帯電話はスルリと格子の間を通っていった。次の瞬間、部屋の扉が開き妙見が戻ってきた。馨は安堵と絶望の溜息を同時に漏らし、その場に崩れ落ちるのだった。

◆◆

「まったく、油断も隙もない。せっかく誰の手垢《てあか》もついていないものを手に入れたと思ったというのに、なんということだ」

妙見はまるで大事な古美術品の軸に染みでも見つけたかのように、ひどく不愉快そうに言う。数千万を支払って手に入れたのだからそう思うのは勝手だが、馨にしてみれば迷惑な話でしかない。

一度は邪魔が入って気がそがれたものの、馨が明かり取りの窓の下でおとなしく蹲《うずくま》っているのを見て気持ちを落ち着けた妙見は再度部屋を出る。そして、寺の本堂の戸締まりをしてインターホンも切ってしまい、これで心置きなく馨の体を自由にできるとばかり部屋に戻ってきた。

袈裟《けさ》を外してしまうと、もはや彼は僧侶の化けの皮さえも完全に取り払ったように醜い欲望をむき出しにして笑った。そして、裸で震えている馨を壁際から引っ張ってきて両手首を結わえている紐に別の紐をかけたかと思うと、それを部屋の中央部にある円柱に巻きつけてしまう。

部屋の中央に太い柱がある奇妙な部屋は、どうやら本堂の地下になるらしい。柱はその木材や形状からみて、地下のこの部屋から上の本堂まで貫かれているものだとわかった。

馨の体は押さえ込まれたまま柱に繋がれ、畳の上に仰向《あおむ》けに寝かされてしまう。これでは体を起こすこともできず、さらには妙見が太腿《ふともも》部分に馬乗りになってきて寝返りを打つこともできなくなった。その状態で馨が初めてでなかったことを執拗になじりながらも、淫靡な表情で股間を嬲《なぶ》りはじめる。

「他人のお手つきは残念だが、まだそれほど経験もないなら辛抱するしかあるまい。それでもここはまだきれいなものだ。自分で慰めることもあまりしなかったんだろう。形も愛らしくてよいな。これからじっくりとわたしのいいようにしつけてやろう。従順でいればそれだけ可愛がってもらえると覚えるんだな」

「うう……っ、んんっ、んく……っ」

人の手で性器に触れられるのはこれが二度目だ。一度目は簾司で、二度目が妙見。だが、その感触はあまりにも違っている。簾司のは優しい愛撫で、この手はただただ嫌悪しか呼び起こさないものだ。けれど、言葉で拒否することができないのは、さっきと同じようにキャミソールでまた口を塞がれているから。

一度生意気な口をきいたことがよっぽど腹に据えかねたのだろう。馨の口からそういう反抗的な言葉は聞きたくないとばかり、今度はさっきよりもずっと強くそれを巻きつけられて呼吸が苦しいほどだった。

「おおっ、まだ慣れていなくても感じるのだな。ほらほら、勃《た》ってきたぞ。よしよし、いい子だ。では、そろそろ後ろも可愛がってやるか」

そう言うと、妙見は馨の体から一度下りてうつ伏せにする。柱に繋がれた紐が捩れても馨の両手首は一つに結わえられたままで、まったく抵抗はできない状態だ。股間を嬲られるのもおぞましい。けれど、うつ伏せた状態で双丘を割り開かれて、窄まりを見られるのもいやだった。

（いやっ、そこは触らないでっ。簾司さんしかいや……っ）

声にならないけれどそう叫びながら、馨が身を捩る。こんな惨めな姿でいることを嘆きたいけれど、今はそれだけではなく心が乱されている。さっき携帯電話で茜に危機を伝えることはできたけれど、四之宮の家はどうなっているのだろう。

妙弦寺に着いたのが午後の六時すぎ。薬によるしばしの眠りから覚めたときは何時なのかさっぱりわからなかったが、さっき茜の携帯電話で通話したときに時間を確認したら午後の十時前だった。

祖母や母が寝静まった頃に火をつけると言っていたが、茜がなんらかの行動を起こしていたら二宮も計画を変えざるを得なくなるだろう。こうしている間にも、四之宮の屋敷が炎に包まれているのではないかと思うと、馨の心は恐怖と絶望に張り裂けそうだった。

祖母も母も茜も無事でいてほしい。「四泉堂」の長い歴史において敵となり味方となり、助け合い憎み合いを繰り返してきた一族だとしても、今の時代になって過去の復讐など愚かな行為としか言いようがない。まして、非合法な手段を使うことに躊躇がないのなら、二宮はもう正常な精神状態だとは思えない。復讐に取りつかれ、心まで病んでしまった人間だ。そんな男の暴挙が許されるわけもない。

茜は馨の言葉を信じて逃げてくれただろうか。祖母や母にいきなりそんな話をしても納得はしてくれないだろうが、どうにか説得して火が放たれる前に屋敷を逃げてほしい。祈るような思いとともに、馨はもはや自分の身がどうなっても仕方がないのだと諦めの境地にいた。

簾司の言葉を信じきれなかったことが間違いだった。自分に自信が持てず、ひいては簾司を信頼しきれなかった弱い自分の心がこの災厄を招いたのだ。

『どんなに念がこもっていようと、しょせん書は書にすぎない。生きている人間が何よりも強いということを忘れないように。自分の気持ちをしっかりと持つことが一番大切なんだ』

あまりにも禍々しい「呪いの書」に対して、簾司はきっぱりとそう言った。けれど、それはすべてにおいて言えること。なのに、自分は気持ちをしっかり持ち続けることができなかった。

「ああ、まだまだ硬い。この窄まりもわたしのものですぐに具合がよくなるだろう。おまえもせいぜい可愛い声で啼くといい」

淫らな言葉を投げかけながら、馨はいよいよ覚悟を決めるしかないのかと塞がれた口から絶望の吐息を漏らした。

（ああ、ごめんなさい、籐司さん……っ）

心の中で籐司のことを思い、自分のあさはかさを今一度悔やんだときだった。頭上から微かにドスッと何か鈍い物音がした。上は本堂で今は誰もいないはず。妙見がさっき鍵をかけてきたばかりなので人が入ってくるはずもない。だが、耳を澄ましていると、ミシミシと誰かがそこを歩く音がする。その物音に妙見も気がついたのか、馨を嬲る手を止めて怪訝な様子で天井を仰いでいる。

「なんだ？」

泥棒かと眉を吊り上げて、馨の体から手を離し立ち上がる。そして、本堂を見にいこうとして部屋の扉を開けたときだった。そこから顔だけを出して様子をうかがおうとした妙見の体が、いきなり廊下の暗闇に引きずり込まれるように消えた。一瞬、この世のものではない何かに連れ去られたのかと思い、馨は塞がれた口で掠れた悲鳴を上げた。

だが、消えた妙見と入れ替わりに現れたその姿を見て、馨は己の目を疑った。しばし目を見開いてから、やがてわっと涙を溢れさせる。そこにいたのは他でもない。馨が何度も心の中でその名前を呼んでいた簾司だったのだ。

縛られていた腕を解かれたとき、馨は自分が裸でいることも忘れて夢中で簾司に抱きついた。怖くてどうしようもなかったけれど、必死でこらえていた心が一気に弾けてしまったのだ。

「簾司さんっ」

「馨、間に合わないかと思ったが、無事でよかった」

でも、どうして簾司は馨がここにいるとわかったのだろう。それにどうやって鍵のかかった本堂から入ってくることができたのだろう。すると、簾司はちょっと悪戯っぽい目で笑い、この寺は子どもの頃からの遊び場だったので本堂へ潜り込むくらいなんでもないという。古い寺というのはどんなに鍵をかけても、どこかに抜け穴があるようだ。簾司は須弥壇の後ろの換気用の窓をこじ開けて入ってきたらしい。

「どうして僕がここにいると……？」

「上の兄貴がたまたま寺に菓子を納品して車に戻ろうと境内を歩いていたら、携帯電話を拾

ってね。それが通話中だったらしく電話に出たら茜さんだったから驚いて、すぐにわたしと晋司に連絡をくれたんだ」

いちかばちかの思いで投げた携帯電話だったが、どうやら馨の祈りは通じたらしい。だが、抱き締められて安堵している場合ではない。馨は息急《せ》き切って二宮の所業と四之宮が危ないことを訴えた。

「大丈夫だ。四之宮の家へは晋司が向かった。今頃は茜さんたちをちゃんと救い出しているはずだ」

「ほ、本当にっ？」

馨は簾司の腕を強くつかみながら何度も確認する。すると、まるでタイミングを計ったかのように彼のジャケットの内ポケットで携帯電話が鳴った。簾司がモニターを見て晋司からだと言うと急いで出る。

「そうか、わかった。こちらも無事だった。今からすぐにそちらへ向かう」

簾司の表情と言葉から四之宮の屋敷が無事だったことがわかり、馨は今度こそ大きく吐息を漏らした。

「心配しなくていい。お祖母さまもお母さまも無事だ。晋司が茜さんと一緒に避難させたそうだ。屋敷も一部が燃えただけで今は消防が入っている」

「よ、よかった。よかった……」

馨はいまさらのように全身をガクガクと震わせながらそう呟いた。そんな馨に簾司は急いで洋服を着るように言う。馨も裸のままだったことを思い出し、真っ赤になって慌ててさっき剝ぎ取られた下着とワンピースを身につける。だが、カツラはもう必要ないと簾司に言われ、そのままそこに捨てておいた。

そして、彼に手を引かれて部屋を出ると、薄暗い廊下には妙見が倒れていた。馨が驚いて簾司を見ると、彼がちょっとばつが悪そうな顔で肩を竦めてみせた。

「腐っても僧侶に乱暴な真似は良心が痛まないではなかったが、本当に腐っているわけだから仕方がない」

さっき簾司が部屋に姿を現す前に、妙見が暗い廊下に消えたかと思うと何やら鈍い物音がしていた。どうやら妙見を締め上げて落としたらしい。武闘派には見えない簾司だが、長身で体軀《たいく》はりっぱなほうだ。それくらいの力技は護身術のうちだと笑う。

「それより、例の書の件だ。こうなったら、少々強引だがこの機に乗じて拝借するしか……」

「あっ、そ、それならこの寺の宝物殿にあるようです。二宮が言っていました」

「なんだってっ？　どういうことだ？　なんでこの寺に？」

簾司が驚くのも無理はない。彼は例の書がまだ四之宮の蔵に秘蔵されていると信じている。

そこで、馨は本殿への階段を上がりながら、二宮と妙見の一連の画策を手短に語って聞かせた。

「そういうことだったのか。だったら、蔵の書はやはりレプリカか」

茜からの伝言で、簾司はあの書を誰が書いたかほぼ特定できたと言っていた。馨が屋敷で謹慎させられていた間、簾司が単独で調べていてようやくたどりついたのが、真言宗智山派の教蓮上人《きょうれんしょうにん》だという。彼はこの宗団の中興の祖である興教大師《こうぎょうだいし》の弟子に当たる人物だ。

「当時の宗団においては書の腕で知られた人物だ。蔵で見た筆跡に極めて近い。時期的にも合う。おそらく、彼が近衛天皇の母親に依頼され写経したのだろう。それに近衛天皇が巻頭と巻末に願文を入れたのだと思われる」

「でも、あれが近衛天皇の縁の書だとして、どうやって呪詛を解くんですか？」

書の特定をするために懸命だったのは、それによって四之宮にかけられた呪詛を解くことが目的だったのだ。馨はそれについての知識はなくて、簾司がどうするつもりなのかも聞かされてはいなかった。

「それについてはわたしも素人なので、ちゃんと助っ人を頼んである」

「助っ人、ですか？」

馨が確認すると、簾司が笑顔で頷いて再度携帯電話を取り出してきた。今度は晋司ではない誰かにかけているようだ。

「すまない。急遽変更だ。すぐに妙弦寺まできてくれないか。ああ、例のものを持って、予定どおり頼む」

「あの、誰に……？」

電話をしたのだろう。例のものを持って、予定どおりというのはどういう意味なのか。馨の疑問には答えず、簾司はとにかくその真作の書を探さなければならないと言う。宝物殿のどこかにあるのはわかっているが、おそらくかなりの経典や仏像、仏具などを所蔵しているはず。そこからあの書を見つけ出すのは少々大変だろう。

「必ず見つけ出すさ。そして、今夜のうちにすべてカタをつけてしまうんだ。これ以上前時代的な悲劇を引きずっているのは、誰にとっても不幸なことだからね」

何か考えがあるのか簾司はそう言うと、さっき妙見の法衣の袖から抜き取ってきた鍵で宝物殿を開く。セキュリティロックのスイッチの場所は、馨が意識を失う前に確認していたので問題なく切ることができた。

そして、宝物殿の中に入った二人は大急ぎで書を探す。二宮は中身をすり替えたというので、どういう形状で保管されているかわからない。だが、いわくつきの危険な書なのだから、厳重に封印されていることは推察できる。

「こうなったら箱という箱を開けていくしかないな。札などが貼られているものは要チェックだ。わたしはこちらの棚から見ていくから、馨はあちらの端から頼む」

簾司の言葉に馨は強く頷く。もうここまできたら怯えていても仕方がないのだ。簾司を信じなかったばかりにこんな事態を招いてしまった。自分の愚かな失態は、自分自身で始末をつけなければならないと思っていた。

簾司と離れて宝物殿の端から順番に棚を見ていく。「四泉堂」の得意客でもあったように、妙見がこの十年あまりの間に収集した美術品の数は相当なものがあった。当然のように経典は多く、棚に納まりきらず床に乱暴に積み上げられているものもあった。さらには仏具に仏像。これらもしょせんは美術品としてしか見ていないのか、奉るというよりダメージを避けるために布や保護材を巻きつけられたままで並べられている。

(きっと何かの箱に入っているはず。以前の木箱のようなものか、あるいは……)

そう考えた馨は、棚の奥にある箱を片っ端から引っ張り出しては中身を確認していく。質素な箱から高価そうな蒔絵の箱までさまざまで、これだけでも一財産になりそうだった。そんな中で、馨がその絵柄に視線を止めた蒔絵の箱があった。それは丸くて大きな八重咲きの椿《つばき》の絵柄のもの。

(これはクスダマ……?)

蒔絵が好きな馨は多くの絵柄と技法をデータとしてスケッチしてまとめていた。そんな中で椿の蒔絵は多く見てきたし、古い時代から現代美術においてもモチーフとして好まれるものだ。

だが、馨が目をとめた理由は、それが薄い桃色の花びらに紅色の濃淡が交じった掛け絞りという特徴を持っていたこと。はっきりと「クスダマ」とわかる椿の蒔絵は珍しい。

「簾司さんっ、ちょっときてください。これを見て」

馨がその蒔絵箱を手にして簾司を呼んだ。こちらにやってきた簾司もまたその箱を見て驚きの声をあげる。

「これはそう古い時代のものではないようだが、またずいぶんとりっぱな蒔絵だな。で、これが何か？」

「この椿です。クスダマという種類です。クスダマは『久寿玉』という字を書きます」

さすがに簾司の知識を以《もっ》てすれば、すぐにそのことに気がついたようだ。

「なるほど。そういうことか。妙見も少しは特別な書に敬意を払ったようだな」

近衛天皇が在位中の最後の元号が「久寿」である。その縁の書を保存しておくに相応《ふさわ》しい箱ということだ。

「よし、きっとこれだ。間違いないだろう」

そう言うと、簾司は箱を床に置いて自らも跪《ひざまず》くと、そこでゆっくりと蓋を開いた。果たして、中には以前蔵で見たものとそっくりの表装の一巻の書が納められていた。

「確認するよ」

簾司の横で震えながら馨が頷く。そして、彼がそれに手を伸ばそうとしたときだった。

「おっと、待った。そこから先は素人が手を出すんじゃない」

その声にハッとして振り返った簾司と馨が見たのは、宝物殿の入り口に立つ一人の男の姿。背広にテーラードカラーのコートを羽織り、眼鏡の銀色のフレームを指先で持ち上げているその人は、以前地元の美術館で簾司に紹介された学芸員の古雅高麿《こがたかまろ》であった。

◆◆

「こういう厄介なものはさっさと護摩壇《ごまだん》で焚《た》き上げるのが一番なんだがな」

簾司が呪詛を解くために呼んだ「助っ人」の古雅は、美術館の学芸員らしく白い手袋をはめて蒔絵箱から例の書を取り出すと簾司と馨を寺の本堂へと促した。学芸員が本職ながら実家が神社の古雅は、正階《せいかい》の資格を持っていると聞いている。そんな彼は祓《はら》いごともできるがお焚き上げが簡単だと言うので、簾司が慌てて止める。

「乱暴なことを言うなよ。まだ呪詛がかけられたままだ。人の命がかかわっているんだから、きちんと祓ってからにしてくれ」

「そんなことを言って、本当は書としての価値が惜しくて燃やしたくないんだろう？」

「それも否定はしないが、恋人にこの先も延々と女装させておくこともできない。それに、近い将来生まれてくるだろう晋司の子どもが男の子だったら、その子にも災いが及ぶかもしれないしな」

普通の人なら「呪い」などと聞いても本気にしないかもしれないが、神職の立場もある古雅はまったく疑うでもなく簾司の言葉に頷いている。そして、書を本堂の畳の上に置くと、それをゆっくりと紐解いて広げようとする。

「ところで、礼装でないが大丈夫なのか？」

「急に準備をして祓えと言われたあげく、場所はあっちだこっちだと変更されて、礼装なんかしてくる暇があるか。それに、あんな格好でうろついたら目立って仕方がない。だが、禊《みそぎ》は済ませてきたから問題ない」

古雅がそう言うと、今度こそ朱色の組み紐を解き、書をゆっくりと広げていく。すぐに見覚えのある巻頭の願文が出てくる。先日、簾司と一緒に蔵で見たものはレプリカだった。だが、今ここにあるのは真作の「呪いの書」。四之宮を百年に亘り苦しめ、願文どおりに根絶やしにして家系を断絶の危機に晒してきたものだ。

そして、写経の部分が出てくる。そこは簾司が調べたところによると、真言宗智山派の中興の祖である興教大師の弟子の教蓮のもの。さらに巻末の願文。「この世に天より災いをもたらし、恨みを晴らすためにその血を根絶やしとなさんことを魔となりて願わん」

蔵にあったレプリカも真作と思ったくらいで、かなりの書の腕のあるものが丁寧に作った一巻だった。だが、真作はまったく別のものだ。どんなに似せた書蹟であっても、まったく同じ表装を施してあっても、そこに込められている怨念の深さが違う。

「ああ、間違いない。僕が十四のときに見たものです」

馨が簾司の腕にしがみつき、彼の背後から恐る恐るそれを見て言った。

問題の巻末の願文の「その血」の箇所には和紙が貼られて「三之宮」の文字がある。だが、それは呪詛返しをしたときのもの。それ以前にはそこに「四之宮」の文字が書き込まれていたのだ。

「これはまた凄まじいな。で、あの言い伝えに間違いはないんだろうな？」

本堂で書を完全に開き切った古雅が、眼鏡のフレームを指先で持ち上げ簾司にたずねる。

「伝説は伝説だ。しかし、まったく根拠がなければ言い伝えなど残らない。九百年もの間、伝説であってもそう伝わってきたことには意味がある。人々が信じることに言霊は宿る。言霊は呪いとなる。そして、念がこもればそれが発動する。元を断ち切ればすべては終わるはずだ」

「いささか詭弁《きべん》くさいんだが……」

少し呆れた様子の古雅に、簾司はそれでも自論を曲げない。

「多くの人が怨念に怯え、苦しめられるのを見てきたおまえがそれを言うか？　どんな時代になってもこの世には念が渦巻いている。それらを祓ってきたからこそ、この書の禍々しさがわかるんだろう？　だったら、助けてくれ。こんなことはおまえにしか頼めない」

真剣な篤司の態度には古雅も承諾するしかないようだった。そして、コートを脱ぐとそのポケットから何かを取り出してくる。それは二本の和釘だった。

「うちが世話になっている宮大工から分けてもらってきた」

それを見て馨が息を呑む。もちろん、近衛天皇が早世した理由を思い出したからだ。何者かが近衛天皇を呪うために愛宕山の天公像の目に釘を打ちつけ、そのため眼病を患い亡くなったと言われている。

「少々強引だが、止むを得まい。もはや怨念を晴らすには年月が経ちすぎている。この書だけを始末するしかない」

だが、お焚き上げはできないとなれば、怨念と同じ怨念で封じる。毒をもって毒を制すようなものだと篤司が言った。それを聞いた馨が青ざめながらもたずねる。

「そんなことが本当にできるんですか？」

「祓うといっても危険な行為には違いない。古雅に力がなければ、あるいは反対に怨念に呑まれて命を落とすこともあり得る」

「そ、そんな。古雅さんに万一のことがあったら……っ」

四之宮へかけられた呪いで他人を巻き込むことになる。

「大丈夫だ。彼はただの学芸員じゃない。まして実家の兄を手伝っているだけの宮司でもない。彼の力は本物だ。それはわたしが誰よりも知っている」

簾司は馨の肩をしっかりと抱いて、いつになく険しい表情で古雅の祈禱の様子を見つめている。彼は簡易の正装である白い襷《たすき》を首にかけ、和釘以外にも持参してきたものを床に並べる。日本酒の小瓶と手のひらにちょうど載るサイズの歪《いびつ》な石。

古雅は日本酒の瓶の蓋を開けると、床に置いた二本の和釘と石にたっぷりとかける。その間も彼の口からは祝詞《のりと》が発せられている。寺の本堂で宮司の祈禱を見ているのはなんとも奇妙なことだが、過去には神仏習合の時代もあった。

やがて祝詞の声がじょじょに大きくなっていき、腹の底から出てくる声は細身の古雅のものとは思えないくらい力強く、うねりのようになって本堂に響き渡る。

そのとき、広げられていた「呪いの書」がわずかに動いた気がした。よく見ると巻末の部分が少し浮き上がったかと思うと、静かに床に落ちていく。風もないし誰も触れていない。にもかかわらず、書がまるで呼吸するかのように勝手に動いているのだ。

「ど、どうして……？」

馨が息を吞んで呟く。簾司はさらに強く馨の肩を抱き締める。その腕の力強さが「大丈夫だ」と言い聞かせているかのようだった。古雅はそんな書の前に片膝をつき、和釘を左手に石を右手に持ち、例の「三之宮」の文字が貼られている部分に一本の釘の先端を置いた。

「諸々《もろもろ》の禍《わざわい》ごと罪穢《けが》れ、祓い給い、清め給え、祓い給い、清め給え、祓い給い、清め給え

「……っ」

そして、石の一撃で和釘が下の畳まで突き抜けるほどに深く書に突き刺さる。その瞬間、書がまるで痛みに身悶えるようにはためいた。馨が掠れた悲鳴を上げて、簾司が深く唸る。

だが、それでは終わらない。古雅が今打ちつけた「三之宮」と書かれた和紙の部分を引きちぎると、元来の文面であった「その血」の部分が見える。

もう一本の和釘が刺さったままの釘の横に立てられる。どういう意味か馨にもわかった。さっきの一本は「三之宮」への呪詛返しを解くもの、そして今回の一本はもともとこの書に込められていた呪詛を解放するもの。

「皇御祖神《すめみおやかむ》伊邪那岐大神《いざなぎのおおかみ》、諸々の禍ごと罪穢れ、祓い給い、清め給え、祓い給い、清め給え、祓い給い、清め給えっ」

気合とともにもう一本の釘も深く打ち込まれた。すると、書が今度は驚くほど大きくうねって、刺さっている釘から逃れるかのように蠢いていた。見れば古雅は普段の彼とはあきらかに違う、まるで神楽《かぐら》の鬼の面のような形相になっていた。彼にこそ何かが乗り移っているかのようだった。

そして、祝詞の声はもはや激しい呻き声となり、釘を打った石は微塵《みじん》に砕け散り自らの手のひらで二本の釘の頭を押さえ込んでいる。それはまさに書と古雅が死闘を繰り広げている様だった。やがて古雅の手のひらから血が流れ落ち、書の上に流れた。

その瞬間、耳をつんざくような雄叫びにも似た声が聞こえ、簾司と馨が体を寄せ合ったまま耳を塞ぐ。それがどのくらい続いただろう。気がつけばあれほど恐ろしげな声が響き渡っていた本堂に、再び静けさが戻っていた。

「書は……？」

どうなったかと見てみれば、古雅の血が流れたところから一瞬だけ黒い煙が立ち上ったように見えた。そして、「呪いの書」はただの書となり、もう二度と自ら動くことはなかった。

古雅の手にハンカチを巻き応急手当てをして、三人は簾司の運転する車で急いで四之宮の屋敷へと向かった。屋敷の正門前までくると、そこにはパトカーと消防車がきていて、かなりの人だかりができていた。近づくことは難しそうだったので、簾司は少し離れた場所で車を停めるとそこからは徒歩で屋敷の裏門へと向かった。

「ああ、駄目駄目。ここからは関係者だけですよ」

警備の警察官に止められて、馨が自分はこの家の者だと告げて規制線を潜って中に入る。簾司と古雅も一緒につき添ってくれた。晋司の電話ではボヤ程度ですんだという話だったが、思ったより大事になっていて正直驚いた。だが、今は屋敷よりも祖母と母と茜のことが心配だった。

屋敷の中は消防士と警察が出火原因を調べていて入れないので、裏庭に回るとそこには茜と晋司に支えられるようにして立っている祖母と、心配そうに屋敷を見ている母の姿があった。

「お祖母さまっ、母さまっ」

馨が駆け寄ると、誰よりも先に茜が馨のほうへ駆けてきて抱きついてくる。

「よかった。馨ちゃん、無事だったのねっ」

「うん、僕は平気。屋敷のほうは……?」

「それが……」

茜がひどく困惑した表情になり、説明の言葉に困っている。すると、そこへ晋司もやってきて篤司と古雅の姿を見てから、茜に代わって事情を説明してくれた。

茜は馨との会話が途中で途切れてパニックに陥りそうになったものの、そのあとすぐに晋司の兄で「菊翠庵」の若主人である元司の声がして驚いたという。それは無理もないだろう。だが、二人で会話をしているうちに、だんだんと事情が見えてきて、それぞれがすぐさま行動に移ったのだ。

篤司が元司から連絡を受け、馨を救出するため妙弦寺に飛んできてくれたことはもう知っている。その頃、茜のほうは晋司に連絡を入れて屋敷にきてもらい、祖母や母を一緒に説得してもらってとにかく外に出ようとしていた。二宮の裏切りと言われてもにわかに信じられない母だったが、祖母のほうがそれはあるかもしれないと自ら行動してくれたそうだ。

もしかしたら、祖母は最初から彼が二之宮の末裔であるという嘘を見抜いていたのだろうか。単に彼を嫌っていたのではなく、火傷の痕に不吉な影を見ていたのかもしれない。だが、三之宮の縁の人間という証拠もなく、どこか心を許せないまま彼を使っていたということらしい。そして、揃って屋敷を離れようとしたそのとき、奥の茶室から煙が上がるのを見て、急いで消防に電話を入れた。

「消防車も間もなくきて、火はすぐに消し止められたんだが……」

いつも言葉に淀みのない晋司だが、なぜかこのときばかりは少し怪訝な様子で話を続けた。

「実は、茶室の奥の水屋で二宮さんの遺体が見つかったんだ」

その言葉に驚き、思わず馨は簾司と古雅の三人で顔を見合わせた。それがなんとも奇妙な亡くなり方だったという。まだ正式な死因は警察から連絡が入っていないが、消防士が遺体を発見して身元の確認のため晋司が立ち会ったところ、その遺体は真っ黒に焼けた完全な焼死体だったそうだ。ほとんど火の手の上がっていなかった水屋で、まるで二宮の体だけが自然発火したかのように黒く焼け爛《ただ》れて亡くなっていたというのだ。その奇妙さに誰もが首を傾げたが、茜たちに代わって遺体を確認した晋司も本当に奇妙な現場だったと言う。

「背格好とわずかに焼け残っていた部分で確認したんだが、あれは間違いなく二宮さんだった」

晋司も茜とつき合うようになり、たびたび四之宮の屋敷に出入りしていたので二宮との面識はたびたびあった。なので、けっして見間違いではないという。それに、すでに夜も十時を回った時刻に屋敷に出入りできる人物がいるとすれば、居残りの家政婦か二宮しかいないのだ。

「呪詛返しを解いたせいか……」

簾司が呟き、古雅が頷く。古雅が最初に和釘で打ったのは「三之宮」と書き込んだ紙。あれは四之宮が三之宮への呪詛返しに使ったものだ。一旦それを解いて、オリジナルの形に戻して書の念自体を打ち砕き、四之宮への呪いの効力をなきものにした。

「三之宮への呪詛返しが解かれたはずなのに、なぜ？」

意味がわからず馨がたずねると、簾司がそれを簡単に説明してくれる。そもそも呪詛が相手にかかればよいが、なんらかの手違いでしくじった場合は呪いをかけた本人に災厄が戻ってくる。三之宮への呪詛返しを解いたことで、本来ならそれを行った四之宮へ災厄が戻るはずだった。

ところが、本来の書の状態では三之宮が四之宮に呪詛をかけていた。古雅がそれをすかさず封じる形で釘を打ち込んだため、四之宮への呪詛が今度は三之宮の人間を戻り打ちにした形になったのだ。そして、その厄を一身に受けた二宮は、間違いなく三之宮の末裔であったということだ。

「それにしても、そんな死に方をするとはな。もしかしたら、想像していた以上に恐ろしい『呪いの書』だったのかもしれない」

古雅の言葉に簾司がいまさらのように大きく吐息を漏らし、彼の肩に手を置いて礼を言う。いくら神職にあるとはいえ、こんな危険なことを引き受けてくれた彼に、馨もまたどんな言葉で感謝を伝えればいいのかわからなかった。だが、彼はなんでもないことのように肩を竦めてみせる。

「仕方ないさ。そういう宿命を背負って生まれてきたんだろうからな」

簾司が古雅の能力は本物だと言っていたが、どうやら彼は本当に不思議な力を持った人間らしい。そして、本人もその宿命を受け入れて生きているのだろう。彼こそが現代に生きる真の呪術者なのだ。

そのとき、母と一緒にいた祖母が馨たちのところへやってくる。祖母は馨の顔を見て、なんとも複雑な表情をしていた。無理もない。屋敷の中にいるというのに、ワンピースこそ着ているがカツラを外した姿なのだ。今の馨の心は偽りの女性を捨てて、本来の自分に戻っている。

「馨、おまえはその姿で生きているんだね？　男の姿でこの屋敷にいても平気なんだね？」

「はい、お祖母さま。僕は大丈夫です。僕はもうあの書の呪いから解放されたんです」

まだすべてを話したわけではないが、祖母の目はもう何もかもを呑み込んだように静かだった。そして、焼けた屋敷の一部を見つめてから、あらためて家族に向かって言った。

「皆が無事でよかった。茜と馨のおかげだ。わたしはいい孫を持った。四之宮はこれで安泰なのかもしれないね」

そう言うと、祖母は馨の前にきて短い髪を皺《しわ》だらけの手でそっと撫でてくれる。

「馨は特に辛い人生だった。可哀想に。けれど、よく頑張ったね。おまえは呪詛に打ち勝ったということだ」

「茜のことを晋司さんが守ってくれたように、僕のことは簾司さんがずっと守ってくれました。そして、古雅さんが助けてくれたんです」

馨は包み隠さずはっきりとそう言った。祖母の逆鱗に触れたとしても、もう馨は自分の気持ちを偽るのはいやだった。祖母の言葉を母も茜も固唾《かたず》を飲んで待っていた。すると、祖母は馨のすぐ後ろにいた簾司に視線を向けると、諦めとも安堵ともつかない声で一言だけ言った。

「馨のことを頼みましたよ」

簾司がしっかりと頷いてくれた。母は泣きそうな笑顔で胸を撫で下ろし、茜はそばにいた晋司に肩を抱かれて愛らしく微笑んだ。そして、馨は解放された自分をようやく実感して、両手で顔を覆うと静かに嗚咽を漏らすのだった。

◆◆

その日、馨は大学帰りにコーヒー豆と季節の果物を少し買って簾司のマンションへと急いでいた。大学を出るとき、倉本教授にばったり会って数冊の本を預かってきた。なんでも以前から簾司が読みたがっていた本らしい。人に貸していたのが戻ってきたので、簾司に持っていってやってくれと頼まれたのだ。

倉本は馨が経済学部の学生にもかかわらず、簾司のアシスタントだと信じて疑っていない。間違ってはいないが、実際はそれだけでもない。

「簾司さん、いますか？　倉本先生から本を預かってきました」

簾司のマンションの部屋までくると持っている鍵でドアを開け、そう声をかけながら部屋に入っていく。アシスタントだから鍵を持っているのではなくて、恋人だから半分同棲のように暮らしている。もちろん、実家の四之宮も簾司の桐島の家でももう何を言うでもない。これが二人にとって自然な状態なら、それでいいとそっとしてくれている。

「簾司さん、書斎ですか?」

玄関を入ってすぐ横の書斎をノックしてドアを開けたが、デスクトップのパソコンのモニターがスクリーンセイバーの状態になっていて部屋はもぬけの殻だった。リビングへ行ってみると、そこのソファで顔に開いた状態の本を載せて居眠りをしている簾司がいた。

昨日の夜遅くに地方都市から戻ってきたところだから、寝不足で疲れているのだろう。でも、こんなところで眠っていたら風邪をひいてしまう。馨は眠っている彼のそばに腰を下ろすと、そっと顔に載っている本を持ち上げる。目を閉じていても眩しさを感じたのか、簾司が片手を顔に持ってきて小さく声を漏らした。

「簾司さん、風邪をひきますよ」

春とはいえ、四月はまだまだ花冷えの日もある。今日は日差しはあっても気温は低かった。カットソー一枚の姿で転寝は感心しない。すると、簾司はようやく覚醒して顔を覆った手を伸ばしてきたかと思うと、馨の二の腕をつかんで自分の胸元へと抱き寄せる。

「あ……っ」

強引に引き寄せられて彼の胸にもたれかかり、馨はそのまま抵抗せずに身を任せる。そうしているうちに、彼の手はどんどん大胆に馨の体を撫で回し、髪の毛をかき乱し、さらにはジーンズの上から双丘を握っては軽く叩く。

「そういえば、少し肌寒いな。馨が温めてくれれば風邪もひかないと思うけどね」

まだ午後の三時過ぎ。日も高いうちからそんなことを言われて、まだまだ甘い関係に慣れない馨は頬を染めて身を捩る。けれど、彼の手を拒めるわけもない。この手はいつだって自分を守り、自分を愛してくれると知っているから。

「ところで、今度の依頼の首尾はどうでした？　何かおもしろものは見つかりました？」

いつもどおり地方の資産家が蔵を整理したいというので、依頼を受けて美術品の仕分けに出かけていた簾司だが、馨の質問に苦笑とともに首を横に振る。

「空振りだ。そういうときもあるさ。ただし、君へのお土産はちゃんと見つけてきた」

そう言って、簾司はズボンのポケットから蒔絵の小物入れを取り出してくる。それは、手のひらに収まるサイズの薄い丸型で、黒漆に和スミレの蒔絵が施されているもの。スミレというモチーフが珍しく、小物入れでも一際小さいサイズがなんとも心をくすぐる。

馨はそれを手にすると、うっとりと呟いた。

「ステキ……。とても可愛い」

馨の言葉を聞いて、簾司が頬を緩める。けれど、その表情はどこか含みがあって、馨はどうしてそんなふうに笑うのか理由をたずねる。

「すっかり男の姿に戻っても、ときどき女性的な口調にドキッとするよ。同性にしか興味がなかったはずなのに、君を知ってからは性別などたいして意味はないと思えるようになった」

それは馨だからいいということだろうか。だとしたら、とても嬉しい。馨は甘えるように

篤司の胸に自分の頬を寄せ、可愛いお土産の礼を言う。

「君が喜んでくれるなら、わたしはどんなことでもするよ。茜さんに夢中になっている晋司を笑えないくらい、わたしも君に夢中だよ」

「本当に？　でも篤司さんにはもうたくさんのことをしてもらったのに、これ以上を望んだら罰が当たりそう」

「君は二十になるまでずっと辛い運命を背負ってきたんだから、これからは存分に幸せになればいいんだ」

そう言いながら篤司は馨の唇に自らの唇を重ねてくる。口づけは好きだ。優しくて、そのくせ淫らな気持ちをかき立てるから。ずっと淫らなことを考えるのも恥ずかしいと思ってきたけれど、今の自分は本当の性別を解放されたばかりか、ありのままの自分で性を謳歌することも知った。

『晋司さんも馨ちゃんが男だって、お見合いの席で気づいていたんですって』

そのとき、ふと茜の言葉を思い出した。篤司の双子の兄でありながら、まったく似たところがなく世間の型にきっちりとはまって生きている人だ。誠実で周囲の空気を読めるけれど、そのくせ言うことは言うというなかなか気持ちのいい人でもある。

ただ、常識人すぎるきらいがあると篤司は言うが、意外な一面を持っていて妙なところでカンがいい。そんな彼はお見合いの席で篤司の援護射撃をしたときから、馨が男だと知っていたという。それでいて、弟が男に交際を申し込むことにまったくなんの抵抗もなかったらしい。

すでに双子の弟の性的指向を知っていたのかもしれないが、自分のお見合いの席で堂々とあんな言葉を口にできるというのはやはり驚きに値する。それだけ人間としての懐が深いのだろうと馨が感心して言うと、「晋司は単なる天然だ」と簾司は笑っていた。

どちらであってもいい。今回の一連の出来事は簾司と馨がキャンパスでたまたま顔を合わせたことで始まったのかもしれないが、それを一歩先へと進めてくれたのは晋司と茜なのだと思っている。

そして、あの一件でもう一つ重要な変化があった。それは桐島家の菩提寺の妙弦寺のこと。二宮の死によって四之宮家の呪いが解けたのち、それに加担した妙見もまたただではすまなかったということだ。

妙弦寺は住職の妙見が寺の経費で美術品などを買い求めていたことが明るみに出て、脱税で起訴され宗団本部から処分を受けた。それでも、二宮のように命を落とさなかっただけよかったと思うべきだろう。

妙弦寺には現在本山から別の住職がやってきている。今度の住職は世俗のことにはまるで疎いせいか簾司とも気が合うようで、ときおり実家の菓子を持って遊びにいっては碁を打っているという。

また、例の「呪いの書」は呪詛封じの儀式を古雅が行った際に釘を打ち込んだ部分の欠損と、彼の血が流れ落ちた部分の汚れはあるものの、近衛天皇とその縁の教蓮上人の直筆ということで変わらず美術的価値も歴史的な重要性も高いと評価されている。

ただし、封じてはいるもののあの書を再度悪用する人間が現れないともかぎらないので、四之宮の蔵で厳重に保管されており、この先も日の目を見ることはおそらくないだろう。それがあの書のためでもあり、ひいては近衛天皇の無念を慰めることになるのだと思う。

「簾司さん、お願い。ずっと僕をそばに置いていてね」

口づけと愛撫の合間に馨が言う。いつしかソファの上で洋服が乱れ、あられもない姿で体を重ね合っていた。馨の言葉に簾司は望んでいた以上の答えをくれる。

「馨をどこかへ連れ去ろうとする者がいたとしても、それが君を不幸にする邪悪なものならどんな手段を使っても阻止してみせるよ」

「本当に？」

馨は簾司の唇に、自ら啄むような口づけをしてたずねる。彼の答えはわかっていても、恋愛などしたことのない馨はたずねずにはいられないのだ。そんな恋愛ばかりか人間関係にも不器用な馨を全身で抱き締めて、簾司はとても力強く答えてくれる。

「もちろんだ。そして、わたしがどれほど君に夢中なのか、何度でも教えてあげたいくらいだよ」

そう言うと、簾司は馨の体を抱き締めたまま狭いソファの上で体を入れ替える。覆い被さってくる簾司の体の熱に、馨もまた体が火照るのを感じていた。

近頃はすっかり慣れた愛撫が心地いい。もっと声を上げればいいと言われても、なかなかままならないのがもどかしい。羞恥と快感の狭間で揺れ動く心と体に歯がゆささえ感じている。

それでも、彼の手を自分の素肌に感じるとき、言葉にならない幸せを実感するのだ。そればかりか、後ろの狭い窄まりに彼の大きく硬いものを呑み込めば、生きていてよかったと心から思う。

双子の茜がいても、心はいつも一人で寂しく震えていた。女として生まれた茜と、男として生まれた自分の差は、年齢を重ねるごとに開いていくのが身に染みてわかったから。

(でも、今は違う。僕は僕のままで幸せになっていいんだ……)

馨は心でそう何度も呟きながら、昼下がりの気だるい時間を簾司の愛に溺れて過ごすのだった。

◆◆

それからは、どこの家庭にも見られるような日常が四之宮の家でも繰り広げられるようになった。高齢とはいえ祖母は元気だし、母もまた一連の事件のあとにはこれまで以上に気丈になった。

祖母に比べれば気が優しくて何かにつけて甘いと思っていた母だが、こんなふうに四之宮の女は強くなっていくのだとあらためて思い知り、男の馨はいささか複雑な思いだった。けれど、いずれは自分が継ぐ「四泉堂」だ。馨もいつかは母のように心の転換期を迎えるのかもしれない。

そして、また春がめぐりきて茜の大学卒業を待ち、晋司と正式に婚姻関係を結んだ。晋司は四之宮家の婿養子となり、今は以前ボヤがあった茶室の奥に新しく部屋を増設して夫婦で穏やかに暮らしている。もはや四之宮の呪いに怯える必要もない。

馨もまた大学を卒業し、今は二宮に代わって祖母や母と一緒に「四泉堂」の商いを切り盛りしていた。慣れないことが多く戸惑うことばかりだが、すべては貴重な美術品の管理のためだと思えば力が込み上げてくる。以前と違ってずっと健康になったから、少しくらい無理をしてもすぐに寝込んだりはしない。そして、呪いが解けてもなお、自分が生きていく道はここにしかないと理解している。

生活をともにしている簾司はといえば相変わらずで、地方に出かけていったかと思えば大学で講師をしており、ときにはマンションの部屋で缶詰になって原稿を書いていたりする。

そんなどこにでもあるありきたりでいて幸せな日々が流れ、一年後に茜が妊娠した。「四泉堂」にとっては馨の跡を継ぐ子である。誰もが喜び期待に胸を膨らませて待つ中で生まれてきた子は、それはそれは元気な男の子だった。

逢いぬれば

「髪が伸びたね」

そう言って馨《かおる》の髪を軽くすくってみた。情事のあとにぐったりとベッドに横になっているしどけない姿は、男とは思えない愛らしさだ。それは、同性にしか恋愛感情を持ったことのない簾司《れんじ》にとってはいささか倒錯的な気分にさせられる姿でもある。

「カツラを被《かぶ》らなくてもいいようになったら、かえって髪を切らなくなってしまって……」

馨は気《け》だるそうな声で言った。そして、上目遣いで簾司に聞いてくるのだ。

「簾司さん、長い髪は嫌い？」

「嫌いじゃないよ。馨は長くても似合うからね」

「でも、女の子みたいじゃない？」

答えに困った。二十年以上も女性として暮らしてきた馨は、所作も声色も自然と女性のようになる。色も白く華奢《きゃしゃ》で、股間《こかん》のものがなければむしろ女性そのものだ。さらには、双子の妹の茜《あかね》がいるだけに、馨を女だと錯覚するのは容易なことだった。

「わたしはどんな君も好きだけれど、こうして愛し合えるのは女の子みたいでも君が男だからだよ」

それは同性愛者の簾司にとってとても幸運なことであったのだが、馨にしてみればもっと大きな意味のあることだったのだろう。一生恋愛など無縁だと諦《あきら》めて、その美貌《びぼう》をかぎられた人の前にしか晒《さら》すことなく、歴史ある屋敷の奥にこもり一人でひっそりと生きていくつもりだったという。

そんな哀れなことがあっていいものかと思う気持ちと、彼をこの手に抱けたらどれほど幸せであろうかと思った気持ちは簾司にとって同じ重さだった。それは馨にとって屋敷の呪《のろ》いから解放されることと、一人の人間として当たり前の経験をして生きていくことが同じ重さであったように。

事情が事情だけにややもすれば倒錯的な感覚に陥るとはいえ、簾司と馨の関係はとりあえず平穏で満たされている。この時間を大切にしながら、できるかぎり馨に生きていることの楽しさや喜びを教えてあげたいと思う。そして、それが簾司にとっても自らの人生を豊かにすることに違いないから。

「ところで、今週末の北陸なんだがどうだろう？　馨も一緒に行けそうかな？　きっと珍しいものが見つかると思うんだ」

それはよくある知り合いからの依頼で、地方の資産家の蔵の整理に立ち会うことになっていた。「四泉堂《しせんどう》」で扱うような美術品もあるだろうから、できれば馨も連れていきたかった。ただ、彼は幼少の頃から体が弱く、あまり遠出をしたことがない。無理をさせるのは本意ではないのだが、近頃は以前ほど車酔いをすることもないし、すぐに体調を崩して風邪を引くほど虚弱でもなくなった。

「お祖母《ばあ》さまたちの許可が出ないようなら、わたしから説得をしてもいいんだよ」

「大丈夫です。お祖母さまも母さまも、簾司さんと一緒ならぜひ行ってくればいいと言ってくれました。それに、もうそろそろ母さまの代わりに、そういう仕事も覚えていかなければならないので、ぜひ連れていってください」

さっきまで愛らしい姿でベッドに横たわっていたのに、古美術の話になると急に起き上がり真剣な表情になって言う。大学を卒業してから本格的に「四泉堂」の仕事をするようになっていたが、それ以上に好奇心が馨の気持ちを動かしていることがわかる。もちろん、四之《しの》宮《みや》という特種な家系に生まれたことが無関係とは言えないだろう。

茜は同じ血筋でありながら、古美術に対してあまり興味を持っていない。そういうところも、晋司《しんじ》と相性がよかったのだろうと思う。馨にしても、定められた運命だから古美術の世界に身を投じているわけではない。彼自身が本当に古美術が好きで、それらを見ているときの馨はとても生き生きとしている。特に蒔絵《まきえ》に関しては気持ちが動くようで、簾司にも「四泉堂」のコレクションを夢中で語ることが多々あるのだ。

馨の夢の一つは蒔絵に関して、年代やデザイン、技法についての解説本を作ることだという。一般の書店で並ぶような本にはならないが、この業界の人間にとってはちょっとしたバイブルになり得るだろう。簾司としてもそんな馨の夢を叶えてやりたいし、その意味でも北陸への旅はきっと有意義なものになると思うのだ。

ベッドで起き上がって週末の旅行について不安と期待を語っている馨の腕を握ると、簾司はそっと彼の体を自分の胸の上に引き寄せた。

「何が見つかるかは運次第だよ。期待はせずに、でも諦めないこと。それが大事なんだ」

簾司は古美術の買いつけに関しては、少なくとも馨よりは先輩だ。ただ、自分の場合は買い取るのではなく、仕分けのアドバイスをしているだけだ。まずはその家にとって残すべきものと、処分しても問題のないものを分ける。処分するものに関して妥当な評価を伝えておけば、業者が買いつけにきた際に不当に安く買い叩かれることもない。

そして、本当に歴史的価値のあるものはできるだけ地元の博物館に寄付するように勧めている。そういう美術品の中には一度博物館に収まってしまえば、なかなかお目にかかれない貴重な品もある。簾司にとってわざわざ地方へ足を運ぶことの意味は、そういう品を存分に手に取って見ることができる点だ。

馨の場合は商売のことがあるので、出物があればできるだけ安く手に入れたいと思うだろう。ただし、馨にそんな金銭的な駆け引きができるわけもないので、今回は目星をつけておいてあとで「四泉堂」が代行を頼んでいるバイヤーが交渉に行くことになるはずだ。

簾司と「四泉堂」の関係は一見すれば商売敵のように見えるかもしれないが、現実問題としてそれほど深刻に互いのフィールドを喰《く》い合っているわけでもない。簾司が美術館や博物館に寄付してほしいというものは往々にして学術的価値の高いものであり、「四泉堂」が求めているのはあくまでも古美術として価値の高いもの。その境界線はかなり微妙で非常に難しいが、簾司と馨に共通している願いは貴重な美術品が最高の形で後々まで保存されていくことなのだ。

「出かけるのは土曜日の朝ですよね。じゃ、一度家に戻らないと。身の回りの準備もあるし、お祖母さまと母さまにあの地域の伝統工芸品について、もう一度確認しておかなくちゃ。それから、古九谷《こくたに》のリストにも目を通して、あとは復刻九谷でもいいものがあれば探しているお客様がいたはずだから……」

せっかくもう一度楽しもうと思って抱き寄せたのに、馨はすっかり北陸への旅に胸を逸《はや》らせているようだ。無理もない。金沢は江戸以降美術工芸品文化が発達して、いいものがたくさん残っている。また、大名道具を代表する加賀《かが》蒔絵も有名だ。

「家にはちゃんと送っていくよ。だから、もう少しベッドの中にいてくれないか？　それで可哀想な恋人の相手をしてくれよ」

わざと哀れな態度で馨の頬《ほお》を撫《な》でながら言うと、彼はちょっと頬を赤らめ困った顔で笑う。恋愛どころか人づき合いさえ慣れていない馨だから、こういうときにどう答えたらいいのかわからないのだろう。

そんな彼の初心《うぶ》なところを利用するのは大人のずるさだが、愛ゆえのことだから許してもらいたい。簾司としては、ただ馨の身も心も包み込み愛してやりたいだけなのだ。そして、できることならずっと自分のそばにいてほしいと願っている。

「簾司さん……、あっ、あん……っ」

困ってもじもじと裸体をシーツで隠している馨をベッドに優しく押しつけ、口づけと愛撫《あいぶ》をたっぷりと与えてやる。悶《もだ》え方も喘《あえ》ぎ方もまっさらな状態から覚えていった馨は、今でも恥ずかしげにそれらをこらえようとする。それでも、従順で感じやすい体をどうすることもできずに、簾司が軽く促せば素直にほしがってみせるのだ。

「ほら、馨はここが好きだろ？　気持ちがいいならそう言って」

「う、うん。いい。すごく気持ちがいい。そこが好き……」

馨はうっとりした様子で子どものような返事をして、股間への愛撫に身悶える。真っ白な純潔が自分の手でほのかに色づいていく様を見て、感じているのはまさに至福。綻《ほころ》んでいく蕾《つぼみ》がどんな花を咲かせるのか、毎日水をやりながら眺めているような気分だ。

さらに後ろを探って狭い窄《すぼ》まりを指で分け開いてやる。さっきまで一度受け入れていい具合に解《ほぐ》れていたのに、今はまた慎み深く閉じられている。

「ほら、体の力を抜いてごらん。大きく息を吐いて、指先まで楽にするんだ。体の奥で感じると、もっと気持ちよくなれることはもう知っているだろう？」

馨は頬を染めてコクコクと頷《うなず》くと、長い息を吐きながら簾司の指を受け入れる。ときおり腰をピクリと小さく跳ねさせては、微《かす》かな泣き声にも似た声をあげる。痛がっていればやめようと思うが、彼の頬がさらに紅潮していくのを見て指をもう一本増やしてやる。

「んん……っ、れ、簾司さ……んっ、あふぅ……っ」

「どうしたの？　辛い？　苦しかったら抜こうか？」

すると、両手を簾司の首筋に回してしがみつき、いやいやと首を横に振る。

「抜かないで。このままして。辛くない。とても気持ちいいの。でも、前が……」

しがみつかれている不自由な状態で馨の下半身を見ると、そんなところまで愛らしいのかといつも感心させられる性器が硬く勃ち上がり、先端から透明な滴りをこぼしている。どうやら中は気持ちいいけれど、このままでは前が持ちそうにないということらしい。だったら、少し可哀想だが辛抱してもらうしかない。簾司は片手を伸ばして馨の股間の根元をちょっと強く握る。

「ひぃ……っ。あっ、ああん……っ」

驚きと痛みに悲鳴をあげた馨が両足をばたつかせていた。それでも、簾司が本気で彼を傷つけたりしないと知っている。

「大丈夫だよ。さぁ、いい子だから自分の手で膝裏《ひざうら》を持てるかな？」

小さい子を諭すように言えば、馨は素直に従う。あられもない格好に羞恥《しゅうち》を覚えながらも、

簾司が自分の中に入ってくるのを震えながら待ちわびているのだ。簾司は自らの準備を整えると、馨の小さな窄まりに己自身をゆっくりと埋め込んでいく。狭くてきついそこは、それでも懸命に簾司のものを呑《の》み込もうとしている。潤滑剤を少し足してやると滑りがよくなり、愛らしい濡《ぬ》れた音を響かせて一気に根元まで銜《くわ》え込んでしまった。

「ああ……っ、い、いっぱいになってる。中がいっぱいで……」

「苦しいの？」

一度動きを止めて聞くと、そうじゃないと馨が首を横に振って甘えるように言う。

「気持ちいいのぉ……」

「動いていいかい？　もっと気持ちよくしてあげるよ」

「動いて。擦《こす》って。もっと気持ちよくして」

望まれればなんでもしてあげたくなる。馨が気持ちよくなって自分もそうなれるならなおさらだ。水の代わりに愛情で満たし、馨という花を咲かせてどこまでも愛《め》でてやりたかった。

その日の夜は存分に愛らしい体を貪《むさぼ》って馨を可愛く泣かせ、満足したあとには約束どおり彼を実家に送っていった。簾司のマンションで半分同棲《どうせい》のような暮らしをしているものの、昼間は「四泉堂」の仕事で相変わらず実家にいることがほとんどだ。馨の部屋も私物もまだそのまま残っている。

今では茜と所帯を持った晋司も屋敷の離れに暮らしていた。今年の春に生まれた男の子もすくすくと元気に育っていて、この秋に六ヶ月になった。簾司にとっても目に入れても痛くないほど可愛い甥《おい》っ子だ。

「臨《のぞむ》に会って行くでしょう?」

屋敷の前で車を停めると、助手席でシートベルトを外しながら馨がたずねる。四之宮の家では代々一文字の名前がつけられる。甥の「臨」も祖母がつけた名前だった。

「会いたいけれど、この時間じゃもう眠っているだろう。また今度にするよ」

時刻はすでに十時を過ぎている。抱き合ったあとに一緒に風呂に入り、食事をしていたらこんな時間になってしまった。生まれてまだ半年の赤子が起きている時間ではない。

甥の臨には会いたいが、双子の弟の晋司にはべつに会わなくてもいいと思っている。もともとそれほどべったりと一緒にいたわけでもなく、互いにわが道を行くというあっさりとした仲だ。ただ、いざというときには一番に救いの手を差し伸べるべき相手だと思っているからそれでいい。

「それより……」

簾司はまだ助手席に座っている馨の髪に手をやり、思い出し笑いを漏らしてしまった。どうして笑っているのだろうと怪訝《けげん》な表情をしている馨にその理由を説明する。

「まだ馨とつき合っているのを秘密にしていた頃、やっぱりこうやって送ってきたことがあったなぁと思ってね。誰もいないと思って路地で君を抱き締めていたら、家の人に見つかって大騒ぎになってしまい……」

馨もあのときのことを思い出したのか、困ったように笑みを浮かべる。まさかあのタイミングでタクシーがきて停まり、馨の祖母と母親が降りてくるとは思わなかった。

「あのときはずいぶんと叱《しか》られたんだろう。あとから茜さんに聞いて、申し訳ないことをしたとずっと思っていたんだよ。悪かったね」

今頃謝っても遅いのだが、馨はにっこりと笑って首を横に振る。

「でも、簾司さんと今こうして一緒にいられるのも、お祖母さまと母さまが二人のことを認めてくれたのも、あのことを含めてすべてがあったからだと思います。簾司さんが僕をこの屋敷の呪いから解放してくれた。だから、今はこうしてここへ戻ってくるのも辛くない」

そう言ってもらえると、簾司としてもいくぶん気持ちが楽になる。だが、簾司が馨を解放したというのは正しくない。

「君自身がこの屋敷の呪縛《じゅばく》から逃れようという強い意思を持ったからだよ。怖い思いもたくさんしたのに、よく頑張ったね」

二十年以上精神的には閉じ込められていたも同じの生活をしてきたのだ。殻を破って外に出たくても、なかなかその勇気は持てないものだ。けれど、馨は頑張って四之宮にかけられた呪いと戦い、双子の妹の茜の結婚も叶えたし、臨という跡継ぎを得ることもできた。

男の姿に戻ってもかよわくてはかなげな印象が強い馨だけに、思いがけない芯の強さには感心させられた。そして、懸命に生きようとする馨がなおさら愛《いと》しいと思えるのだ。簾司はそんな気持ちを伝えようと馨の肩を抱き、自分の胸元へと引き寄せる。額に口づけをしてい い夢を見るようにと耳元で囁《ささや》けば、馨が嬉しそうに微笑《ほほえ》み小さく頷く。

「おやすみなさい、簾司さん。また、明日」

そう言って車を降りて屋敷の門を潜っていく。簾司はその華奢な背中を見つめて微かな吐息を一つ漏らす。美しい宝物を手に入れた者は喜びとともに、それをうっかり壊したり誰かに盗まれたりすることを案じ不安もまた抱えることになる。

今の自分はまさにそんな気分だ。馨という宝物を大切に守っていかなければと思いながら、傷つけたりしないかと案じ、誰かに奪われてしまわないかと心配になる。

この歳《とし》になるまでつき合った相手は何人かいる。一生のパートナーになれると思った相手もいなかったわけではない。それでも、お互いがお互いにとって何かが足りなかった。あるいは、何かが関係を阻んでしまった。

そんな恋愛を何度か繰り返し、もう書の研究を一生の友として生きていけばいいと開き直ったのが数年前で、そんな矢先に恩師に呼ばれた大学のキャンパスで馨と出会った。

(運命など信じたことがなかったけれど……)

苦笑とともに胸の中でそう呟《つぶや》くと、ハンドルを握って四之宮の屋敷の前から走り出す。馨を送り、「逢《あ》いぬれば」という詩を口ずさみながら帰宅した日々はもう遠い。今は愛しい人をこの手にしっかりと抱いている。

こんなふうに誰かに執着したことはない。これほどまで誰かに心奪われる思いなど経験したことがない。年甲斐《としがい》もなく夢中になっている自分がなんとも気恥ずかしい。けれど、晋司が養子となり、茜という美しい伴侶《はんりょ》を得て新しい人生を歩み出したように、簾司もまた馨と一緒に新しい気持ちで人生に向き合えばいいと思うのだ。

「休憩を取りながらいくけれど、気分が悪いときは言ってくれよ。すぐに停めるからね」

北陸に向かって走り出した車の中で簾司が言うと、馨は助手席でちょっと呆《あき》れたような顔で笑う。

「簾司さん、もう三度目ですよ。そんなに心配しなくても平気です。前みたいにすぐに体調を崩すようなことはなくなりましたし、念のために酔い止めも飲んできましたから」

北陸へは電車の便もよくなったが、地方へ出かけるときは必ず車だ。場合によっては古美術の正式な鑑定を依頼されて、けっこうな荷物を持ち帰ってこなければならないときもあるからだ。また、出かけた先の古書店を回るのもいつものことで、そういう店で思いがけない掘り出し物を発見する場合もある。送ってもいいのだが、貴重なものはやっぱり自分の手で運ぶのが一番安心できる。

「それより、今から楽しみです。金沢漆器の清楚《せいそ》で上品な作風は大好きなんです。できれば、制作の工程もこの際だからじっくり見てみたい。それに、漆以外の加飾方法にも興味があるし、他の技法を併用した作品も多いので、そういうものもできるだけたくさん見てみたい」

都内を出る前から馨の気持ちはすっかり加賀蒔絵に奪われているようだ。そんなふうに目を輝かせて語られると、蒔絵にまで嫉妬《しっと》したくなる。だが、簾司のほうも心逸《こころはや》るものがある。今回の仕分けをする蔵の所有者からは、かなり貴重な書があると聞かされているのだ。

京都や奈良のようにそう古いものは滅多に出てくることはない。だが、江戸中期から明治にかけての貴重な書はかなり残っている。今回も有名な「五十嵐文書《いがらしもんじょ》」にも筆跡が残る越中《えっちゅう》の歌人、篤好《あつよし》の書ではないかと言われているものを数点所蔵しているらしいのだ。これはぜひこの目で確かめたい。そのことを馨に話すと、なぜか彼が珍しく拗《す》ねたような態度になる。

「簾司さん、なんだか楽しそう。そんなに篤好の書が見たいんですか？　そりゃ、貴重なものだと思いますけど、書のことになると簾司さんはすごく夢中になるから……」

簾司が驚いて思わず言い訳の言葉を探そうとした。けれど、その前に聞きたいことがある。

「わたしが書に夢中なのは今に始まったことじゃないんだけどね」

「それはわかっているんですけど、なんだか……」

馨が言いにくそうにもじもじしているので、余計に理由を聞き出したくなる。

「なんだか、何？　そうやって拗ねる馨も可愛いけど、理由が聞きたいものだね」

「拗ねてなんかいません。ただ、やっぱり簾司さんは書が一番なんだなって思っただけです」

「もちろん、書は一生の研究対象だからね。馨ならそのことはわかってくれているんじゃないのかい。それとも、何か問題でも？」

いよいよ意地が悪いと自分でも思いながら、馨の答えが聞きたくて仕方がない。これではまるで小学生の苛《いじ》めっ子のようだ。自分にこんな一面があるなんて思ってもいなかった。晋司が見たらあの生真面目そうな表情を崩して大笑いするだろう。

「僕よりもずっと書のほうが好きみたいで、ちょっと妬《や》いてしまいます……」

最後は消え入りそうな声になっていた。ついさっきまで自分のほうが馨の蒔絵への情熱に嫉妬していたというのに、今は聞きたい言葉が聞けて内心大喜びしている。そんな自分の単純さをごまかしながら片手を伸ばし、行儀よく膝に置かれている馨の手を握る。そして、これ以上大人気ない意地悪はやめておくことにした。

「書と馨を比べることなどできないよ」

もちろん大事なのは馨のほうだ。書は墨字そのものの美しさに加え、歴史の謎を紐《ひも》解《と》く多くの情報があり、存在そのものがロマンだと思っている。だが、馨の存在は抱き締めて愛でることのできる生きた宝物なのだ。どちらを取るかと言われれば、迷うことなど微《み》塵《じん》もなく馨を取るに決まっている。

簾司の言葉に馨は頬を赤く染めて俯《うつむ》いてしまった。自分が子どもっぽいわがままを言ったと思っているのだろう。だが、そういう感情は愛する人ができれば誰でも抱《いだ》くものだ。そういう当たり前のことも彼にはきっと新鮮なのだろうから、晋司に笑われそうなこんな会話にもちゃんと意味があると思える。

「近頃思うんだが、以前にも増して書に夢中になれるのは君の存在があるからだろうな」

「えっ、そうなんですか？」

「どう説明したら伝わるのか難しいんだが、君という存在がいて書に対する情熱もまた強くなった。君が四之宮の血筋で、『四泉堂』の跡取りだということはけっして無関係ではないと思うよ。けれど、それだけじゃない。それも含めて君という存在がわたしにはとても大切だし、研究への意識の向上に繋《つな》がっていると思う。美しいものを一緒に理解してくれる同胞を得たような、心強い気持ちとでもいえばいいのかな」

もちろん、彼が四之宮の人間でなく、「四泉堂」の跡取りでなければ興味が半減していたという意味ではない。ただ、偶然であってもそんな彼に出会えた幸運を簾司は喜ばしく思っているということだ。

馨は自分が四之宮の血筋であることや、「四泉堂」を背負っていかなければならないことを、今もなお一人の人間として重く受けとめている。また、いくら簾司が同性愛者だと聞かされても、自分は茜と違い女ではなく、子どもを産めないことに引け目を感じることもあるのだろう。そんな馨が簾司の言葉を聞いて安堵《あんど》の笑みを浮かべるのを見ると、何があっても一生守ってやらなければと心新たに決意するのだ。

これまでも二人でドライブがてら古美術を探しに出かけたことは何度もあるが、いつも近県までで日帰りかせいぜい一泊だった。連泊する旅は初めてなので、それもまた二人にとっては新鮮な経験だ。

一路北陸に向かい、その日の午後には金沢に着いた。東京ではまだ残暑の日もあるが、こちらは一足先に秋が深まっている。ここはとても優雅な街だ。百万石の豊かさは落ち着きのある町並みと文化を育み、素晴らしい美術品もまた多く作られてきた。そして、歴史を守る人々の手によって貴重な美術品も大切に保存されている。

簾司は過去にも何度か訪ねたことがある。だが、馨にとっては見るものすべてが興味深いらしく、少年のようにはしゃいでいるのがなんとも可愛らしい。

その日のうちに訪ねていった地元の資産家も四之宮の家ほどではないがりっぱな蔵を持ち、その蔵に見合うだけの古美術品を所蔵していた。馨の好きな蒔絵も簾司の研究対象の書も、期待以上とは言わないまでも期待どおりのものがあった。「四泉堂」としてもぜひほしい品が何点か見つかり、馨はすぐに実家の母親に連絡を入れていた。

「蔵だけでなく、母屋のほうにも祖父母が使用していたり、飾っていたりしたものがありますので、そちらのほうも見ていただけると助かります」

そうは言われたものの、午後に金沢に到着したため五時間ほど蔵を見ているうちにすっかり日が暮れてしまった。きっと馨も長旅で疲れているだろう。以前よりは丈夫になったとはいえ無理はさせたくなかった。そこで明日の朝にはまたこちらにきて、母屋のほうの美術品も見せてもらうことにしてその日は一度予約した宿に入ることにした。

「それでは、明日もよろしくお願いします。まだお見せしていないものの中に珍しい書がありましてね。この地に縁《ゆかり》の者の書ではないようで、おそらく京都あたりから誰かがこの地に持ち込んだのではないかと……」

そういう話を聞くと俄然《がぜん》興味が湧いてくる。そして、何巻かあるうちの一巻だけでもとつい欲が出してしまう。だが、今日は一人ではない。馨も一緒なのだ。やはりそれを見せてもらうのは明日にして、その夜は金沢で評判の海鮮料理の店で夕食を摂った。

簾司はこういう目利きの依頼を受けるたび日本中、ときには海外にも出かけていき、その土地の美味《おい》しいものを食べるのが楽しみなのだ。だが、馨は東京から遠く離れたのもこれが初めてで、料理を味わいながらいずれ京都や奈良にも足を延ばしたいと夢を語る。

簾司にしてみればお安い御用だった。そして、美味しい料理に舌鼓を打ちながら、いつものようにこれまで旅先で見てきた古美術の話を聞かせてやる。馨はどんな話にも夢中で耳を傾け、興味のあることにはすかさず質問をしてくる。大学を卒業してからは「四泉堂」の跡継ぎとしての自覚が一層強くなり、蒔絵にかぎらず学ぼうという姿勢は以前に増して強い。

「大学では経営学を学びましたが、『四泉堂』の経理関係は誰かを雇ってもいいと思っています。それに茜も結局は実家を出ることはなかったので、子育てが一段落したら事務仕事を少し任せようかと思っているんです」

本当なら当面は「四泉堂」の経営面から携わっていくはずだった馨が、美術品を管理していた番頭の二宮《にのみや》があんなことになり四之宮の事情も変わったのだ。

「もちろん、晋司さんに迷惑がかからない範囲でのことですけどね」

家庭生活に影響があっては申し訳ないと遠慮がちに馨が言うので、簾司はまったく問題ないだろうと言っておいた。

「晋司はああ見えて家事が得意なんだ。今は茜さんにすべて任せているようだが、その気になればなんでもできる男でね」

実家の『菊翠庵《きくすいあん》』の商売が忙しいときは、母親に代わって掃除に洗濯、夕飯作りまでしていた。独り暮らしの長い簾司も料理くらいはするが、ずっと実家で暮らしていた双子の弟がベテラン主婦並みというのはどうかと思う。こういうところもまた、自分たち双子はとことん似ていない。もしかしたら、どちらかを病院で取り違えていないか母親に聞いたこともあるが、そっくりな顔を鏡で見れば双子であることは疑いもなかった。

そんな簾司の話を聞いて、馨はあまりにもうり二つな茜と自分のことを思っているのか、おかしそうに声をあげて笑う。こんな屈託のない笑みを見せるようになったのもまた、四之宮の呪いから解放されてからのことだ。

食事を終えて宿に戻ると一緒に温泉に入り、二つ並べて敷かれた布団をくっつけて眠った。抱きたい気持ちもあったけれど、湯上がりには疲れて瞼《まぶた》が落ちかけている馨だったから、横に寝かせて赤子の臨を寝かしつけるときのように背中を軽く叩いてやっていた。

すると、静かな寝息が聞こえてきて、簾司はそんな馨の頬に口づけをして自分も眠る。とても穏やかな旅先の夜。夢中で抱き合う夜もいいが、こんな静かな夜もまたいい。

一夜明けて、疲れも回復した馨とともに昨日の家を訪ねた簾司は早速、例の書を見せてほしいと頼む。広い和室に巻物を広げていくと、そこから出てきた文字と文章は歌や手紙の類《たぐい》ではなかった。

「こ、これって……」

一緒に見ていた馨もすぐに気づいたようだ。簾司も思わず険しい表情で唸《うな》るように言った。

「これは祝詞《のりと》だな。よく調べてみないと断定はできないが、おそらく鎌倉期あたりのものだ」

こういうものは案外厄介《やっかい》なのだ。古美術としての価値がないわけではない。だが、祝詞には意味がある。歌や手紙と違って、一般の人間がいい加減に所有していると障りが出ることもある。美術館などで不用意に多くの人の目に晒すことも危険な場合がある。それほどに神にかかわるものは扱いが難しい。

四之宮の家が受けた呪いも、写経と願文から作り上げられた祝詞の一種が恐るべき負の力を発動した結果だったのだ。馨にしてみればこの種のものは見ているだけでも怖いのか、震えながら簾司の腕にしがみついてくる。

「簾司さん、どうするんですか？」

怯《おび》えながら聞く馨に、簾司はしばし考えてから家主に事情を説明する。これは一般の家庭で持っているべきものではないこと。美術館に寄付するにしても問題がある。だったらどうすればいいのかと困っている家主に、簾司は自分の知り合いに預けることを勧めた。もちろん、他でもない。自称地元美術館の学芸員だが、実家の神社の宮司でもある古雅《こが》のことだ。

「古雅さんなら、きっとどうにかしてくれますね」

馨も彼には命を救われたことがあるので、安堵の笑みを浮かべて納得する。近いうちに古雅本人に引き取りにこさせると言ったものの、家主はそんな厄介なものとは知らなかったとすっかり怯えてしまい、できれば持って帰ってくれないかと頼まれてしまった。自分が勧めた手前断わることもできず引き受けることにしたが、馨は少し不安そうだった。

それでも、大きな蔵と母屋の美術品の仕分けを終えたあとは、馨の楽しみが待っていた。

金沢工芸の中でも加賀蒔絵を中心に存分に見て回り、関連の美術館だけではなく四之宮の祖母から紹介状を書いてもらっていたいくつかの工房も訪ねた。

他にも街の骨董屋《こっとうや》を冷やかしたり、古本屋にも立ち寄り古書を探したりして、二人はそれぞれにお気に入りの土産を手に入れ、楽しい思い出もたくさん作り三日間の滞在を終えた。

帰りの車の後部座席には土産物の他に、依頼主から預かってきた貴重な品も厳重に梱包《こんぽう》されて載せられている。例の祝詞の巻物も木箱に納められ積まれていた。

馨といえば、慣れない長旅でいつしか眠りに落ちている。簾司は助手席に手を伸ばし、馨の伸びた髪をそっと撫でてやった。これからもっといろいろな場所へ連れていってやりたい。もっとたくさんの思い出を馨と作っていきたい。

幸せな気持ちに満たされてハンドルを握りながら、少しスピードを上げて車線変更をしたときだった。簾司の後ろで荷物が微かに揺れる。バックミラーで見ると、例の祝詞の入った木箱の蓋《ふた》が少しずれたような気がした。

（え……っ？）

だが、もう一度見ると木箱は組み紐でしっかりと縛られている。簡単に蓋が外れることはないだろう。気のせいかと思い簾司は眠っている馨を見てから視線を前方へと戻す。そして、楽しい旅の思い出に浸りつつ北陸道を走り、帰宅の途を急ぐのだった。

あとがき

今年は季節の移り変わりがとても早かったですね。さほど残暑を味わうまでもなく、秋がやってきましたよ。

秋は大好きな季節。月がきれいで、散歩が楽しい。毎朝起きるたびに少しずつ寒くなっていき、今日は温かくして過ごしましょうと自分にも人にもなぜか優しい気持ちになれる。

お料理もちょっと張り切りたくなるし、室内の模様替えもしたくなる。もちろん、ベランダの寄せ植えの鉢も新しくしましたよ。今年の秋は「野の草花」風にして、地味だけれど可愛い感じに作ってみました。最近では一番いい出来で、朝夕水をやりながらちょっと頬が緩んでしまいます。

さて、今回のお話ですがタイトルに驚いていただければ、まずは大成功と言っていいのではないでしょうか。水原の作品に対して皆様が抱いているイメージを一瞬にして覆すキーワードは、ズバリ「花嫁」です。

後にも先にもこの言葉だけは使う機会がないだろうと思っていたら、意外なことにそんな日がやってきました。「今使わないで、いつ使うんですか？」と編集さんに言われて、思わず膝を打って「なるほど、それもそうだ」と納得しました。

なんでそうなったと書店で首を傾げながら、この本を手にする方もいるかもしれません。

ですが、偽りではありません。一応そういう内容になっていますので、どうか安心して読んでください。また、史実を織り交ぜてはいますが、あくまでもフィクションとして楽しんでいただければと思っています。

挿絵はサマミヤアカザ先生が描いてくださいました。お忙しいスケジュールの中、ありがとうございました。読者の皆様にも「花嫁」に相応しい、とても愛らしい絵を楽しんでいただけたと思います。

子どもの頃から不思議な話を読むのは好きでしたが、自分で書くにはハードルが高い。なので、ずっと二の足を踏んできましたが、数年前に一度そういう方向に手を染めてからというもの少し吹っ切れた感じがします。

難しさはあるものの、同時に勉強にもなりますし、楽しい発見も多々あります。今回のお話も読者の皆さんにはしばし日常を忘れ、主人公たちとともに謎解きと恋愛に胸をときめかせていただければ幸いです。

それでは、次作はどんな「水原」になるかわかりませんが、再びお会いできることを心より楽しみにしています。

二〇一五年　十月

水原とほる

✦初出　呪い宮の花嫁……………書き下ろし
逢いぬれば…………………書き下ろし

水原とほる先生、サマミヤアカザ先生へのお便り、本作品に関するご意見、ご感想などは
〒151-0051 東京都渋谷区千駄ヶ谷 4-9-7
幻冬舎コミックス　ルチル文庫「呪い宮の花嫁」係まで。

幻冬舎ルチル文庫

呪い宮の花嫁

2015年11月20日　　第1刷発行

✦著者　水原とほる　みずはら とほる

✦発行人　石原正康

✦発行元　株式会社 幻冬舎コミックス
〒151-0051 東京都渋谷区千駄ヶ谷 4-9-7
電話 03(5411)6431［編集］

✦発売元　株式会社 幻冬舎
〒151-0051 東京都渋谷区千駄ヶ谷 4-9-7
電話 03(5411)6222［営業］
振替 00120-8-767643

✦印刷・製本所　中央精版印刷株式会社

✦検印廃止

ISBN978-4-344-83574-0　C0193　Printed in Japan